カムパネルラ版

銀河鉄道の夜

NAGANO
MAYUMI

長野まゆみ

河出書房新社

目次

カムパネルラ版

銀河鉄道の夜

カムパネルラ版

銀河鉄道の夜

プロローグ

　このたびわたくしは「銀河通信」の記者として、ひとつの企画をたてました。それは、カムパネルラさんに「銀河鉄道の夜」を語りなおしていただこう、というものです。なぜならば、ジョバンニさんの視点を軸に語られる従来の版では、賢治さんがこの物語に託した思いの半分しか語られていないようなもどかしさを感じるからなのです。

　なにが腑に落ちないのか、はじめははっきりとわかりませんでした。子どものころに読んだ時点では、なおさらです。ぼんやりと、もやもやした気分が残っただけでした。とりわけ、結末がすっきりとしなかったのです。

　銀河鉄道の旅は、ジョバンニさんが天気輪の柱のところで寝転んでいるうちにいつのまにかはじまり、カムパネルラさんを見失って泣いているあいだに、ふいに終わります。ジョバンニさんが眼をさましたからです。銀河鉄道も乗客も、天の川の景色も、すべては夢だったのです。彼は元気よく走って家路につきました。

　異世界の旅を終えて帰還する多くの物語の主人公たちとおなじく、ジョバンニさんも心の成長をします。たまたまおなじ汽車に乗りあわせた人々とのささやかな出会いと別れを通じて、人には人それぞれの哀しみや歓びがあり、ひとつのかんがえだけで説明できないことを、学びました。そうして、ふたたび日常のなかへもどります。

それなのに読後のわたくしは、どうもなにかがひっかかるのでした。ごく小さな、魚かなにかの骨が咽《のど》でちくちくとする感じなのです。

やがて、わたくしはその小骨がなにに由来するのかを悟りました。カムパネルラさんがなぜ生還できなかったのか、その理由がわからなかったからなのです。まだ子どもでしたので、宿命ということばも知りません。けれども、天罰なら理解できました。だからこそ、なんの落ち度もないように思えるカムパネルラさんが救われないのは、納得できませんでした。

「銀河鉄道の夜」は冒険譚ではありません。友だちから仲間はずれにされたことをきっかけに非現実の世界へはいりこんだジョバンニさんは、野心や欲望をもたないかわり、「カムパネルラさんを救う」目的ももっていませんでした。そもそも、カムパネルラさんに「救い」が必要だとも、思っていなかったのです。

カムパネルラさんは恵まれた家庭と賢さをそなえた少年です。生活が苦しく孤独な自分にこそ救いは必要だ、というのがジョバンニさんの立場でした。

ふたりの少年は、それぞれべつの理由で、いつのまにか銀河鉄道の乗客となったのです。

そうです。それがいちばんの問題なのです。冒険物語の主人公たちは、たいてい幼いながらも自分の大切なもの――たいていは友だちや、相棒としての動物たち――を救うために異世界へ挑みます。そこでもてるかぎりの力を尽くして仲間を助け、ともにもとの世界へもどってくるのです。

それなのに、「銀河鉄道の夜」ではジョバンニさんもカムパネルラさんも、自分がどうしてそこにいるのかわからないまま、旅をはじめます。目的地がどこかも、はっきりしません。作者の賢治さんには〈旅の計画〉があったろうと思うのです。ただ、病にはばまれ、予定どおりには進まなかったようです。

銀河鉄道の乗客となったふたりの少年のうち、カムパネルラさんはふいに姿を消し、ジョバンニさんだけがささやかな希望を胸に、ひとりで地上へもどるところで終わります。子どものわたくしはジョバンニさんを「ずるい」と思いました。ですから、どうも好きになれず、救われないカムパネルラさんに恋をしました。

ジョバンニさんはなぜ、カムパネルラさんを連れもどすことができなかったのでしょう。たしかに、神話や古典の人物たちの多くが「連れもどし」に失敗しています。つまり先人たちは「死者はよみがえらない」ことを伝えているのです。

ギリシャ神話ではこんなふうです。竪琴の名手オルフェウスは、亡き妻をよみがえらせようとして冥府へ赴《おもむ》きます。彼のつまびく音色によって冥王の心をうごかし、「出口までうしろをふりかえらない」ことを条件に妻を連れかえることをゆるされます。

ところが、出口まであともうすこしのところで不安になったオルフェウスは、妻がついてきているかどうかを確かめようとしてふりかえってしまうのです。それにより、妻は冥府を出ることができませんでした。

妻を失ったオルフェウスは、亡きひとへの忠誠のために女たちを遠ざけて暮らし、竪琴を用いて英雄的な活躍をします。ところが、ある宴会で女たちを冷たくあしらったせいで恨まれ、八つ裂きの目に遭います。あげくは、首だけが水面に浮かぶ、といったありさまです。

活字にしますと凄惨な場面のように思えますが、この題材はビクトリア朝の画家たちにとっては、またとない霊感源であったのです。

ギュスターヴ・モローやダンテ・ゲイブリエル・ロセッティ、エドワード・バーン゠ジョーンズといった画家たちの流麗な線と色彩によって描かれた絵画は、血まみれの屍さえも「耽美」そのものです。これらの作品がわが邦の大正時代の文学青年たちに大いなる影響をあたえたことは、『賢治さんの百話』において北原百秋氏が語ってくださったとおりです。

当然、賢治さんも書物を通じてそれらの絵画に夢中になったはずなのです。神話では、最高神ゼウスのはからいによりオルフェウスの琴は天上の星となりました。それが琴座なのです。ジョバンニさんが銀河鉄道に乗るきっかけは〔青い琴の星〕でした。その背景には、まちがいなく賢治さんの「連れもどし」願望があったのです。

そしてジョバンニは青い琴の星が、三つにも四つにもなって、ちらちら瞬き、脚が何べんも出たり引っ込んだりして、とうとう蕈《きのこ》のように長く延びるのを見ました。

◎童話 銀河鉄道の夜 五、天気輪の柱

この星座のα星ヴェガを頂点とする小さな正三角形が、いつしか〔三角標の形になって、しばらく螢のように、ぺかぺか消えたりともったり〕するわけです。正三角形の下方には、斜長方形にならんでいる星があります。

西洋の星図ではこれをオルフェウスの琴に見立てているのです。いっぽう、わが邦では中国の伝説の影響によりヴェガは織女星ですから、その下で斜長方形をなすのは瓜畑《うりばたけ》です。そこが牽牛《けんぎゅう》（彦星）との密会の地なのです。

織女と瓜は、一見しますとなんの関係もないようですが、古語辞典の「**うり【瓜】**」の項に、補足として朝鮮語の **ori** と同源であると記載されていることが、ひとつのヒントになっていないでしょうか。

思うに、七夕の風習はもともとわが邦にあった瓜姫の伝承と、中国から伝来した星をめぐる習俗とが混じりあったものです。瓜姫は文字どおり瓜から生まれてくる姫で、機織《はたお》りを得意としています。これなど漢字の伝来のなかで **uri** と **ori** が融合したとしか思えません。わが国の古代には文字がなく、口伝《くでん》ですべてがなされました。しかも母音の数も多くありません。であれば、当然起こりうる混同です。

だいぶ本筋からそれましたが、わたくしが申しあげたかったのは、つぎのようなことです。妻を連れもどしに冥府へゆくオルフェウスの神話をふまえて、賢治さんは〔青い琴の星〕を異世界の入口にさだめたのだろう、ということです。

けれども、ジョバンニさんは自分の意思で〈異世界〉へ飛びこんだのではありません。ゆえにカムパネルラさんを救う役目を負っていたわけでもありません。仲間を救うには、ジョバンニさんはあんまりぼんやりしすぎています。

およそ救済者とはなれない少年を主軸にすえるこのような設定は、賢治さんの「あきらめ」を反映しているのでしょう。ひとたび黄泉《よみ》の国へはいった者は、もうこの世にはもどれません。身近な人の死によってそのことを実感した賢治さんは、「夢で逢う」だけでも幸福なのだと云いたかったのかもしれません。

通信機のランプが点灯しました。録音室の扉にはめこまれたガラスの向こうで、技師が合図をよこしました。めでたく回線がつながったようです。レシーバーを耳にあてます。なにか雫《しずく》が滴《したた》るような音が聞こえました。雨音かと思いましたが、ちがうようです。かさこそと木の葉が風にすべる音がまじるのです。鐘の音が聞こえてきます。

薄荷糖《はっかとう》でこしらえたような、真っ白に角ばった家が見えます。それはわたくしの意識のなかにすっとはいりこんできました。家のまわりには釣鐘草《つりがねそう》の花が咲き、犬が吠えています。

花は五センチほどもある大型で、丸みをおびた鐘のかたちは、まさにヨーロッパ各地の大寺院の鐘を思わせます。南ヨーロッパでよくみかけるフウリンソウのようです。あたかもこの花が、鐘の音をひびかせているかのごとく、ゆれています。

賢治さんは、ときに釣鐘人蔘《ブリユーベル》とも書きました。この場合、ルビにあらわれた青のイメージは、教会の鐘が天上との交信のために鳴らされることをふまえた連想だと、わたくしは思うのです。

イタリア語には〈妙なる調べ〉を意味する **musica celeste** ということばがあります。**celeste** は「空（天）の」をあらわします。天上へ向けての音楽といえば、教会堂では鐘のほかにパイプオルガンがあります。この音色を変化させるための装置はストップキーと呼ばれますが、イタリア語ではこれが **registro celeste** となるのです。天使音栓と翻訳されます。

賢治さんの時代の足踏みオルガンにも、この天使音栓がついていました。教師としてオルガンを弾いていた賢治さんは **registro celeste** という語もご存じだったはず。〈天上の記録簿〉とか〈天上の目録〉とか、そんなふうに翻訳していたかもしれません。

そうしてもちろん、オルガンへのなみなみならぬ関心をおもちでした。云うまでもなく、organo の語源はギリシャ語の organon（仕事の道具）です。知識を得るために必要な方法や道具のことを指すのです。

農学校の教師だった賢治さんは、学生たちと盛んにオペレッタの稽古や上演にはげみました。それこそ賢治さん流の「愉しみながら豊かに学ぶ」手段であったのでしょう。


白い家の扉がひらいて、箒《ほうき》のようなしっぽの犬が飛びだしてきました。「ザウエル！とまれ」と声がして、つづいて黒いマントをはおった少年があらわれたのです。カムパネルラさんでした。

こうして、幸運にもわたくしはカムパネルラさんと出逢い、お話をうかがうことができました。

わたくしどもの通信のシステムを地上のかたにご説明するのはむずかしいのですが、ホログラフィーのようなものを連想していただければ、よろしいかもしれません。また、通常は編集したのちに配信するのですが、このたびは臨場感を演出したいと思い、あまり手を加えておりません。その理由はすぐにあきらかになるでしょう。ある種の通信障害が発生したのです。ところが、それにはこの記事の補足となりうる貴重な情報がふくまれていました。そのため、ほぼ録音したままを、配信いたします。

賢いカムパネルラさんは「銀河鉄道の夜」の語りなおしを望むわたくしに、「できるかぎり」と応じてくれました。賢治さんの「心象スケッチ」を読み解く困難を、だれよりも承知しているからこその、控えめなお返事でした。

お待たせいたしました。それでは、はじめていただきましょう。聞き手はわたくし、銀河通信社速記取材班松本ちかです。

1 午后《ごご》の授業

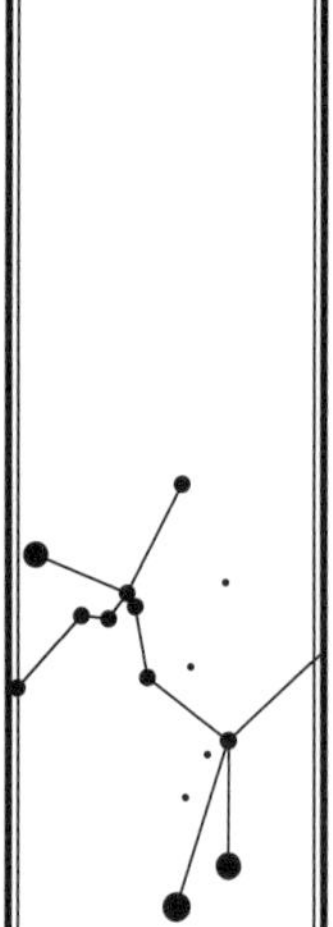

「ではみなさんは、そういうふうに川だと云《い》われたり、乳の流れたあとだと云われたりしていたこのぼんやりと白いものがほんとうは何かご承知ですか。」先生は、黒板に吊《つる》した大きな黒い星座の図の、上から下へ白くけぶった銀河帯のようなところを指しながら、みんなに問《とい》をかけました。

✺童話　銀河鉄道の夜　一、午后の授業

賢治先生は「銀河鉄道の夜」をケンタウル祭の夜の場面から書きはじめました。いまでは〔四、ケンタウル祭の夜〕となっているところです。藁半紙《わらばんし》や半紙に、鉛筆で書きました。それが第一次稿です。

現在、「宮沢賢治記念館」に八十三葉の「銀河鉄道の夜」の原稿が保管されています。下書き稿や、その部分的な清書稿、差しかえ稿がいりまじったもので、紙も使用された筆記具もまちまちです。

そのうち、ごくわずかですが最初の下書きのままのこっている紙葉もあります。賢治先生は最初の原稿を四つ折りにして持ち歩きます。ひまひまに手直ししたり、ときに友人に見せたり読みきかせたりしました。その折り線が第一次稿のあかしなのです。

青い橄欖《かんらん》の森をとおりすぎるあたりが描かれる第六十葉や、まっ赤なうつくしい火になった蝎《さそり》の話を女の子が語る第六十九葉などです。十五枚あります。そのなかには、ぼくと女の子が長々と海豚《いるか》やくじらの話をして、ジョバンニをいらいらさせる場面もありましたが、先生はのちの手直しで「おしゃべり」を大幅に削除してしまいます。けれども、つぎのような印象的な描写は、第一次稿のときから変わらずに描かれているのです。

ジョバンニはその小さく小さくなっていまはもう一つの緑いろの貝ぼたんのように見える森の上にさっさっと青じろく時々光ってその孔雀がはねをひろげたりとじたりする光の反射を見ました。

✺童話　銀河鉄道の夜　九、ジョバンニの切符

これにより、先生がどんなイメージをもって〔銀河鉄道の夜〕を書きはじめたのかを知ることができます。ことばからあふれだす光をとらえ、永遠に色あせない絵を画《か》こうとしたのです。

第一次稿を書きあげた先生は、半分くらいまでを原稿用紙に清書します。青インクをつかい

ました。現存する原稿では第四十九葉から第五十九葉にあたります。切符の検札があり、ジョバンニがやぶれかぶれでポケットのなかにあった紙をさしだす場面が描かれます。それが第二次稿です。

このあと、賢治先生は清書していない部分もふくめて全体に鉛筆で手を入れて、加筆もします。そのさい修正が多くなりすぎたので、あらためて前のほうから清書をおこないました。こんどはブルーブラックインクをつかい、さらにところどころ鉛筆で手直しをします。このときも、はじまりは〔ケンタウル祭の夜〕からでした。

「宮沢賢治記念館」に保管されているその紙葉には、いまでも賢治先生の筆跡で「1」というページ番号がのこっています。自筆のページ番号は「42」まで記されますが、そのさきはありません。〔ジョバンニの切符〕をすこしだけ清書したのち、中断したのです。これが第三次稿となります。

このときは、章番号はまだありませんでした。〔ケンタウル祭の夜〕〔銀河ステーション〕などの章タイトルだけでした。「銀河鉄道の夜」という表題もきまっていなかったのです。

その第三次稿にたいして、賢治先生は晩年になって大幅な手入れや改作、原稿の差しかえをおこないました。〔午后の授業〕〔活版所〕〔家〕の冒頭三章が、あらたに書き下ろされたのもこのときで、黒インクをつかっています。

そんなふうにして、第一次稿の鉛筆書きの紙葉をところどころに残しつつ、八十三葉が現存することになりました。

パズルのように組みあわされたこれらの原稿全体を第四次稿と称します。これこそが、こんにちみなさんがお読みになる「銀河鉄道の夜」のすがたなのです。ふつうには第一次稿から第三次稿までをまとめて初期形と称し、第四次稿を後期形とします。

ややこしいお話ですので、すでに退屈なさっているかと思います。めんどうになって読み流したかたのために、ここで初期形と後期形の根本的なちがいをひとつ述べておきます。

初期形のジョバンニはぼくの死を知りません。ぼくがザネリを救うために川へ飛びこんで溺れる場面は、後期形ではじめて描かれるのです。

とはいえ、賢治先生が廃棄した原稿になにが書いてあったかは不明ですので、あくまでも遺稿を調査したかぎりでは、という条件つきになります。

けれども、初期形において賢治先生がぼくの溺死を前提にしていなかったことは、やはり特筆すべきです。タイタニック号の乗客として遭難死したらしい青年と、彼に付き添われた姉弟《きょうだい》を描くだけで死者の暗示はじゅうぶんであると、先生はかんがえていたのです。

もちろん、サウザンクロス駅を過ぎ石炭袋の孔を目撃したのちに、「カムパネルラ、僕たち一緒に行こうねえ。」と云いながらジョバンニがふりかえったとき、そこにぼくのかたちがもう見えなかった、という場面は初期形にもありました。

けれども、それがぼくの死を意味するとは、まだはっきりと書かれていなかったのです。だからこそ、賢治先生は第七十八葉——第一次稿の最後のページ——の、あのメモを残したのでした。

カムパネルラをぼんやり出すこと、
カムパネルラの死に遭うこと、
カムパネルラ、ザネリを救わんとして溺る。

❂『「銀河鉄道の夜」の原稿のすべて』第七八葉　宮沢賢治記念館

先生はさらに、この紙を裏返して、もうひとつのメモを残しました。

カムパネルラの恋。

❂『「銀河鉄道の夜」の原稿のすべて』第七八葉の裏　宮沢賢治記念館

このメモについて、ぼくはもう一点お話しすべきでしょう。先生は、〔恋。〕と書くまえにべつの字を書いています。三文字目を書きかけたところでそれをやめて取り消し線をひき、あらたに〔恋。〕と書いたのです。

研究者のかたによれば、消された文字の一番目は〔外〕二番目は〔色〕あるいは〔道〕のように読めるそうです。これらの文字が暗示するのは「後ろめたさ」であるとぼくは読み解きました。

〔恋。〕の文字には、わざわざ句点が打たれています。それが無意識であったとしても、賢治先生にはなにかしらの終止符が必要であったのです。

「恋の終わりは、いかにも道義に外れたことであった」と先生が悔いているのだとすれば、その〔恋。〕とはなんでしょうか。

ぼくの〔死〕と関係あるのだとすれば、初期形を書き終えるころの先生の身辺になにか大きな事件があったと思うのです。

（…………。そう、……それだ、それこ……そ、ぼく……も話題にした……いねぇ）

取材班　通信が乱れているようです。少々お待ちください。ただの電波妨害ではなく、カムパネルラさんの通信を傍受しただれかが、かなり強引に話にくわわろうとしているのです。通信技師が詳細を確認しています。

確認しているひまに、ぼくはしゃべってしまうさ。宮沢には恋人がいたんだ。結婚もかんがえていた。だが、周囲の反対に遭い、ふたりは別れた。やがて女はべつの男と結婚した。未練のあった宮沢は、こともあろうにその夫婦の新居のまわりをうろつくんだ。つきまとい、というやつさ。嘘じゃない。証拠もある。彼の詩に〔どろの木の下から〕というのがあるだろう？〔どろ〕とは白楊のことだ。ああ、それもわかりにくいな。つまりポプラのことさ。そこから、かつての恋人が嫁いだ家がみえる。鈴をつけた馬がいる廏舎と、水きねと呼ばれる水車がこの家の特徴さ。この詩の異稿に〔どろの木の根もとで〕というのもある。そこではもっと自覚的だ。何を自覚しているかって、そりゃあ、つきまといだ。現代ならば、ストーカー行為だよ。まだ月の青い光があるが、まもなく夜明けのころだ。先駆形のほうに〔やがて東が白くなり〕とあるからね。

いまごろここらをうろつくことは
ブラジルでなら
馬どろぼうに間違われて
腕に鉛をぶちこまれても仕方ない

※春と修羅　詩稿補遺　宮沢賢治全集2

宮沢は聖人じゃない。本人だって、そんなことは一度だってかんがえたことはないはずだ。おのれの童話や心象スケッチが道徳的に読まれるばかりか、学校の教材になろうとは、ね。悪意の潜ませかたを教えるつもりならともかく！　あげくに、手帖の覚え書きまで暴露され、心の襞のまたその奥までのぞかれる。しかし、それでも崇拝者は減るでなし。

ここで、もうひとつ危険な詩を挙げておこうか。〔霧がひどくて手が凍えるな〕というのだ。これは例の元恋人が、夫とともに渡米したあとの日付になっている。つまりその家は空き家だった。にもかかわらず、宮沢はそこへ出かけたんだ。

雉子が啼いてるぞ　雉子が
おまえの家のなからしい
……誰も居なくなった家のなかを
餌を漁って大股にあるきながら
雉子が叫んでいるのだろうか……
　　　　※春と修羅第二集　七三九〔霧がひどくて手が凍えるな〕宮沢賢治全集2

年譜では一九二六（大正十五）年九月十三日となっている。羅須地人協会をつくって三つきほどのころだ。宮沢は下根子桜《しもねこさくら》の別宅で独居自炊をしていた。家族に気がねのない身分で、夜中にであるくのも自由。そんなわけで、先駆形のほうはもっと驚かされる内容だ。むきだしの印象のままだからね。

霧が深くて手が凍えるな、

馬がびくっと
ももをうしろへ引きつけるのは
木のゆれるのとおんなじさ

縄をなげてくれ縄を

霧がどんどん刻《さ》ける時分
みんなで萱をいっぱい刈って
祭みたいに帰ってこよう

✺春と修羅　第三集　異稿　七三九　朝

仲間たちと、問題の家の近くを通りかかったらしい――故意か偶然かはわからないが、集団なのだから怪しまれるおそれもない――。そこで宮沢は大胆にもその家の近くまで行ってみた。そういうことだろう。

このとき宮沢がなにをかんがえていたかを、当てようか。霧の朝、ゆれる木がある。縄がある。ふふん、やつもたいてい執念深い男だね。別れた女の家のまえで——しかも、彼女はもうそこにはいない——、首をくるところを想像してるのさ。だけど、霧が晴れてきたので空想も終わった。ひとまず、これだけ話せばじゅうぶんさ。〔恋。〕と〔死〕の両方の説明になっているだろう。

いずれ、また………

取材班　通信が乱れたことをお詫びいたします。ひきつづき、カムパネルラさんのお話をどうぞ。

ここからは、表題についてぼくのかんがえを述べたいと思います。先生にとって〈銀河〉と〈鉄道〉を結びつけるきっかけになったスケッチは、第一詩集である『春と修羅』に収録した「冬と銀河ステーション」です。この詩ははじめ「冬と銀河鉄道」という題でした。『春と修羅』の初版本の目次でもそうなっています。一九二三年十二月の日付をもつ作品です。

入稿作業をすすめるあいだに、先生の気が変わったのでしょう。最初に書いた「冬と銀河鉄道」の原稿は、「冬と銀河ステーション」という題の原稿と差しかえられました。ところが校正作業が十分ではなかったため、目次ではそのまま「冬と銀河鉄道」と印刷され、本文のほうは「冬と銀河ステーション」となったのです。

でも、この不手際による誤植は、かえって先生に〈銀河鉄道〉ということばを意識させることとなりました。

賢治先生はつぎに「春と修羅」の第二集として書いた〈岩手軽便鉄道　七月（ジャズ）〉という詩の先駆形で、〔銀河軽便鉄道〕を走らせます。

まっしぐらに西の野原に奔《か》けおりる
銀河軽便鉄道の今日の最終列車である
（……）
どしゃどしゃ汽車は走って行く
おおまちよいぐさの群落や
イリスの青い火のなかを
狂気のように踊りながら

✺春と修羅　第二集　三六九　岩手軽便鉄道　七月（ジャズ）

このとおり、いささか暴走気味の汽車ですから、勢いあまって天へと走りだしたのかもしれません。この詩は一九二五年七月十九日の日付をもっています。

先生が「銀河鉄道の夜」の草稿を書きはじめた時期ははっきりしていませんが、装幀挿絵を描いた菊池武雄さんのつぎのような証言があります。『注文の多い料理店』の出版後にひらかれた宴席で、賢治先生が書きかけの「銀河鉄道の夜」を読みきかせてくれたそうなのです。「どんなのだス」と訊ねる菊池さんに、先生は「銀河旅行ス」と答えました。このエピソードから、書きはじめたのはおおよそ一九二五（大正十四）年、二十九歳のころと推測されていま す。断片的であったイメージが、だんだんまとまりつつあったのだろうと思われます。

先生は当初、未知の作者になりすまして〈銀河鉄道〉の旅行記を書くつもりでした。創作ノートには Kenjy とか Kenjü などと書きこんであります。〔The Great Milky Way Rail Road〕というメモも残されています。

舞台を南欧風にするだけでなく、作品そのものも外国で書かれたように見せかけたかったのです。そのほうが、賢治先生の好きな街並みや景色を自由に書ける気がしたのだと思います。ちょっと風変わりな内容でも、外国の人が書いた本ならばたいていの読者は「そんな思いつきもあるのだろうね」と理解を示し、いっぽうで同朋が異国風のことを書けば「行ったこともないくせに」と反発するのです。いつの時代のひともおなじです。

南欧の海岸沿いのどこかにありそうな町を「銀河鉄道の夜」の舞台にえらんだ賢治先生は、ぼくたちの名前も外国風にしました。

〔一、午后の授業〕で、学校の先生が教室に掲げる銀河の地図は、賢治先生が計画した「銀河旅行」パンフレットの表紙のようなものです。あそこから、みなさまを天の川の世界へお連れしようというのです。

そもそも、賢治先生はなぜ「銀河の涯て」まで旅をしたいとのぞんだのでしょうか？　もちろん、妹のトシさんのいる天上へ近づきたいということもありましたが、それは文学的な比喩です。

賢治先生は詩人であると同時に科学者でしたし、この時代にはすでにアインシュタイン氏の特殊相対性理論が発表されていたのです。若者たちは、この理論のすべてを理解できたわけではありませんが、宇宙空間には「絶対的な速度はない」ということだろう、とおおよその見当をつけていました。

だからこそ、賢治先生も汽車で「銀河旅行」をすることに興味をもったのです。なぜ汽車なのかをご説明するのはなかなかむずかしいのですが、技術の問題ではないことはたしかです。宇宙船はありませんでしたが、賢治先生の時代にも航空機はすでに存在していました。空を飛ぶ船のような、飛行船もありました。けれども、先生は汽車を選んだのです。

おりしも、あの天文学者のハッブル氏が天体望遠鏡でみえる渦巻き銀河が、ぼくたちの天の川銀河の外にあるべつの銀河であると主張して、議論が巻き起こっていた時代です。

当時はまだ、天の川銀河のそとにも銀河があるとは、かんがえられていなかったのでした。

取材班　わたくしの知るかぎり「銀河鉄道の夜」は実写化されておりません。そのためには、どこか外国の町――サントリニ島がふさわしく思われます。まっ白な箱をならべたような白壁の家々に青い空が映える景色です。この火山島は「グスコーブドリの伝記」で〔サンムトリ山《さん》〕として登場します――で撮影をし、その土地の少年たちに演じてもらうことが、必要かもしれません。

ああ、けれどもなお無理だろうと思われるのは、賢治さんの世界は文字による印刷物のうえでこそ、わたくしどもを魅了するのだという、直感がはたらくからです。

カムパネルラさんもジョバンニさんも、具体的な肖像がないゆえに、いつの時代にも読みつがれてゆく普遍性をもつのです。活字として彼らと出逢う幸福を、わたくしは多くのかたに味わっていただきたいと思います。

それにしても、賢治さんはどうしてまた〔カムパネルラ〕を少年の名にしようと思いついたのでしょう。〔ジョバンニ〕ならば、作中の季節である夏至にゆかりの聖人の名前を借りたのだとわかります。ところが〔カムパネルラ〕は、推測がむずかしいのです。ラテン系の言語の姓ならありうるとしても、名ではないのです。

たとえば、スペイン統治下のナポリで独立運動を起こして投獄された思想家のトマソ・カンパネッラという人物がいます。彼が獄中で書いた『太陽の都』はユートピア思想の先駆的作品と称えられておりますから、賢治さんもその名を知っていたでしょう。少年の名前のために借りてきたとしても不思議ではありません。

あるいは、図書館で外国語の辞書を繰りながら、思いついたのかもしれません。イタリア語には、カンパネルラという名詞があります。綴りは campanella です。小さな鐘という意味です。これが植物になりますと campanula（釣鐘草）となるのです。

釣鐘草はベル型の花を咲かせる植物の総称です。ホタルブクロやツリガネニンジンなどのほか、スズランやナルコユリも、ときに釣鐘草と呼ばれます。

賢治さんの詩や童話にも多く登場します。詩のなかでは釣鐘草と書いて〈ブリーベル〉や〈ブリューベル〉とルビをふることもありました。英語の blue またはフランス語の bleu を音読みしたのです。

釣鐘草と呼ばれる花の色は白が主流ではあるものの、青やピンクもありました。おそらく、賢治さんが思い浮かべる釣鐘草は、青味がかっていたのでしょう。それは、［カムパネルラ］という名の少年のイメージそのもののように、わたくしには思えます。

2 活版所

（……）。その人はしばらく棚《たな》をさがしてから、
「これだけ拾って行けるかね。」と云《い》いながら、一枚の紙切れを渡しました。ジョバンニはその人の卓子の足もとから一つの小さな平たい函《はこ》をとりだして向こうの電燈のたくさんついた、たてかけてある壁の隅《すみ》の所へしゃがみ込むと小さなピンセットでまるで粟粒《あわつぶ》ぐらいの活字を次から次と拾いはじめました。

✺童話　銀河鉄道の夜　二、活版所

放課後、ジョバンニはまっすぐ家へは帰りませんでした。家計をたすけるために、町の大きな活版所で働いていたのです。彼のお父さんは漁師なので、一年のたいはんは家を留守にしています。初夏に極北の海へ向けて出航し、秋にかけて漁をおこないます。そのまま、漁場にちかい寄港地で越冬し、春にもどってくるのです。

帰港のさいは、極地の人たちが履く、鮭の皮でこしらえた靴や、となかいの角などのめずら

しい標本をもちかえってジョバンニをよろこばせました。彼はそれらの品々を学校へもってきて教室のみんなにも見せてくれました。先生もめずらしがり、標本の一部はジョバンニからゆずりうけて学校の標本室に陳列してあります。

そのお父さんが北の海へ出かけたまましばらくもどらず、連絡もないのです。そういう異変は、すぐに町のうわさ話になります。悪く云う人もいます。密漁船に乗っていてつかまり、監獄へ入っているとの陰口までささやかれました。

そのころ海豹《あざらし》や海獺《らっこ》はむやみに捕ってはいけないことになっていましたので、以前ならみんなの注目をあびた海獺の皮の上着が、こんどはそのめずらしさによって密漁のシンボルとなってしまったのでした。

それでザネリなどは「らっこの上着が来るよ。」とジョバンニをからかうのです。密漁や監獄ということばを直接口にしなくても、それでじゅうぶんジョバンニが傷つくことを承知のうえでした。

船がもどらなければ、漁師の家族は暮らせません。ジョバンニのお母さんは、庭先の小さな畑でわずかな野菜や燕麦《オート》をこしらえ、それを市場で売ってどうにかパンや牛乳を買っていましたが、気苦労がかさなり、ついに寝こんでしまいます。

それで、こんどはジョバンニが働かなければいけなくなりました。朝は暗いうちから新聞配達をし、昼間は眠い眼をこすりながら学校へ通います。放課後はそのまま、活版所へでかけて活字ひろいをするのです。たいそう細かい仕事です。新聞の文字を思い浮かべてみてください。印刷する原稿のとおりに、一文字ずつを棚からさがしだして、一行ぶんの細長いケースに嵌めこんでゆくのです。どれほど小さく細かい作業であるか、おわかりいただけるでしょう。ジョバンニには〔粟粒〕くらいに思えました。一行がすんだら、またあらたなケースにつぎの行の活字をひろいます。その作業を植字と呼びました。一列ずつ苗を植える田植えと似たところがあるからです。

根気のいる作業で、眼もつかれます。ジョバンニが近眼だったのはこの仕事のせいかもしれません。それもずいぶん分厚いレンズでしたので、活版所の人たちにまでからかわれ、ついには「虫めがねくん」と呼ばれてしまうのです。

ところで、賢治先生にとっても活版所は、ある種の受難の場所でした。『春と修羅』を出版したときの苦い経験が、「銀河鉄道の夜」の活版所の場面にも影を落としています。『春と修羅』は、自費出版でした。初版は一〇〇〇部です。賢治先生は、詩集ではなく〔心象スケッチ〕と呼びました。

原稿を活字にして印刷するページ全体を本文と呼びます。先生はとりわけ「本文用紙」えらびに気をつかい、東京の洋紙店へ注文してとりよせました。

表紙は布製です。先生の希望は「青黒いザラザラの布」でした。ところが賢治先生の代理で依頼品をさがした関徳弥《せきとくや》さんは、希望どおりの布を見つけられず、ふつうの麻布になってしまいました。そこへ、藍色で「アザミ」の文様を刷りました。布がザラザラで——それのみ、先生の希望どおりであったのが禍《わざわい》となり——うまく色がのりませんでした。

天は紺染です。そこが夜の天《そら》であると、先生は仮定したのです。表紙が、希望どおりの青黒い布製であったなら地上の夜と天の夜を暗示することができ、さぞかし洒落ていたにちがいありません。

背の文字は歌人の尾山篤二郎《おやまとくじろう》氏の筆《て》です。氏が関徳弥さんの師匠であった縁による依頼でした。マッチの軸をつかって書くという斬新な手法をこころみています。残念なことに、〔心象スケッチ　春と修羅〕とすべきところ、尾山氏の誤認により〔詩集　春と修羅〕となってしまったのでした。

賢治先生は大いに落胆して、刊行後、自分の手もとにあった本については、「詩集」という文字をブロンズの粉で消しました。

函《はこ》の表には薄墨色で鳥獣植物の文様が刷ってあります。題字も函も、花巻において〈製函《せいかん》業《ぎょう》〉と画家をかねていた阿部芳太郎《あべよしたろう》氏の作です。これは賢治先生の依頼でした。満足のゆくできばえであったかどうかは、わかりません。

阿部氏は函屋になる以前、河童の絵で世に知られる小川芋銭《おがわうせん》氏に師事したと伝わります。ですから阿部氏も、それなりに風変りなところがある人だったのだと思います。一八九二（明治二十五）年生まれで、賢治先生より四歳ほど年長でした。ふたりのあいだには、あたらしいものを好む若者として通じるところがあったのでしょう。

先生は、異国の著者を仮想しつつ書いたわけですから、西洋風の装幀を望んだはずです。〔The Great Milky Way Rail Road〕などというタイトルを検討してみたのも、その気持ちのあらわれでした。けれども、予算の不足や認識のズレにはばまれ、なんども印刷所に足を運ぶなどして苦労したにもかかわらず、思いどおりの本にならなかったのです。

印刷という技術は、中世のヨーロッパでそれが生まれたときから、利益をもとめる商業でした。多くの人の関わりによってなりたつものです。それだけに、各工程の技術者たちをとりまとめる調整が、なにより重要です。自費出版の場合は、著者本人になります。ところが、あいにく賢治先生は、ことばで要求することが苦手だったのです。

そんな活版印刷にくらべれば、ひとりでも作業が完結するガリ版印刷はずっと気軽でした。謄写版《とうしゃばん》とも呼ばれます。賢治先生の時代、学校の文書の複写はほとんどがこの印刷方法でした。道具は玻璃紙《がらすがみ》と専用のやすり盤と鉄筆、それに印刷機です。玻璃紙は、ロウ紙とも呼ばれます。その名のとおり、表面にパラフィンやワセリンの混合物を塗布した薄く透ける紙です。

玻璃紙をやすり盤にのせて、さきの尖った鉄筆で文字を書くのです。するとやすりの目に当たったところだけ、紙に孔があきます。鉄筆で線を引けば、版は点描になるのです。とはいえ微細な孔ですから、見た目には書いたとおりの線が残りますし、印刷をすればインクが孔と孔のあいだも埋めてしまうので、点描ではなく一本の線になります。つまり、筆者の書き癖がそのまま版になるのです。

原稿が完成したら印刷機の枠のなかにセットします。それを印刷用の紙の上にのせてインクのついたローラーを転がすのです。すると、鉄筆の孔をインクが通りぬけ、印刷が完成します。インクはたいてい濃い紺色でした。インクが柔らかいほど孔もとおりやすくなるため、活版印刷にくらべれば、ずっと水っぽいインクです。乾きにくいのが難点でした。シャツやズボンに青黒い染みができてしまうこともしばしばでした。賢治先生の心象スケッチにつぎのような描写があります。

三日月《みかづき》がたのくちびるのあとで
肱《ひじ》やずぼんがいっぱいになる

❋春と修羅　一本木野

これは野原をあるくうち、ヌスビトハギという野草の実がズボンにたくさんくっついたようすをスケッチしてあります。三日月がふたつならんだようなかたちの実で、秋に熟すころには表面にざらざらした突起状の毛を生やします。

その毛に粘着性があるので、歩く人のズボンなどにくっつくことで遠くまで運ばれ、そこで繁殖します。なかなかの戦略です。植物学の世界では、付着散布と呼ばれます。なぜヌスビトなのかは諸説あります。ぼくはスケッチ帖に描いていて気づいたのですが、三日月がふたつならんだ実のかたちは、泥棒の頰かむりの結び目に似ています。しゃれっ気のある人が名づけたのでしょう。

そんな、ヌスビトハギの協力者となった賢治先生も、遊び心をくわえて表現したのです。ガリ版印刷をしたあとも、インクがズボンに染みをつくることは、しょっちゅうでした。こちらは、草の実とちがって容易に落ちないので、なおさら厄介です。

……というか、それはあれだ。草の実の痕跡が、女のくちびるに見えてしまったことを婉曲に告白しているんだよ。その半月ほどまえに〔截《き》られた根から青じろい樹液《じゅえき》がにじみ／あたらしい腐植《ふしょく》のにおいを嗅《か》ぎながら〕なんてスケッチもしている。しかも、〔わたくしは移住の清教徒《ピュリタン》です〕だと！　だがその実態はこうだ。

そっちをぬすみみていれば
ひじょうな悪漢《わるもの》にもみえようが
わたくしはゆるされるとおもう
（……）

わたくしは待っていたこいびとにあうように
鷹揚《おうよう》にわらってその木の下へゆくのだけれども
それはひとつの情炎《じようえん》だ
もう水いろの過去になっている

◎春と修羅　過去情炎

この心象スケッチの日付は一九二三（大正十二）年十月十五日だ。夏のはじめにわかれた恋人が、べつの男のもとへ嫁いだころじゃないかと、ぼくは思うね。

（通信障害が発生しましたが、回復しました）

賢治先生にとって『春と修羅』の初版は不満足なできばえの詩集でしたが、紙の印刷物にはそれなりの効用もありました。思いがけない場所と人とをむすぶ手段となり得たのです。
たとえば、詩人の草野心平さんは、まだ学生であった二十二歳のころ〔広東《カントン》の河南《ホーナム》デルタの芝生〕で『春と修羅』の初版本を読み、〔新鮮な衝撃〕をうけたそうです。その後帰国したさいには、〔神田の露店の古本屋では『春と修羅』は五銭で叩き売り同然の待遇をうけていた〕とも書いていらっしゃいます。

売れ行きが芳しくなく、あまり流通しなかったと思われる『春と修羅』初版ですが、付着散布によって思いもよらない遠方へ繁殖地をひろげるヌスビトハギのように、書物や印刷物もまた人を仲立ちとして、持ち主の痕跡をとどめながら各地へ運ばれてゆくのです。

賢治先生の没後八十年がすぎてもなお、ハルトシュラはおおいに繁殖し、さらにその生息域をひろげています。予想もしなかった土地で、先生にかかわる書物や文書がみつかるのです。そこから、あらたな事実の発見につながることもあるでしょう。その点を、ぼくは強調しておきます。

取材班　『春と修羅』初版の印刷原稿は、賢治さんの没後に探してもみつからず、失われたものと思われていました。しかし、一九四五（昭和二十）年八月の花巻空襲で被災した宮沢家の土蔵の家財の下からみつかるのです。とはいえ、本扉や序のほか冒頭の八篇、目次の一部は欠けており、さらに現存している部分も相当の焼損をうけています。それでも、残ったことは幸いでした。

もうひとつ、火中から救われた書物をご紹介します。中原宙也（ちゅうや、と読みます）さんの晩年（一九三七年）の日記です。不運にも遺族宅で火難に遭いました。フランスの老舗百貨店「ボン・マルシェ」が顧客のために配った家計簿――宙也さんはこれを古書店で入手したらしく一九三四年製でした――を利用していたため、後年の研究者に「ボン・マルシェ日記」

と呼ばれています。

焼損はかなり激しかったのですが、最新の技術により「修復」作業がつづけられています。

「紙に書いたもの」であるからこそ、長く保存できるのだということを、あらためてかんがえさせられました。

はたして、「飛び散った光は回収できるのでしょうか？

……今日のひるま
鉄筆でごりごり引いた
北上川の水部の線が
いままっ青にひかりだす……

◎春と修羅　第二集　異稿　三一三　産業組合青年会　先駆形

賢治先生は晩年、ある編集者からの原稿依頼にたいして、この詩を修正して送ります。それは一九三三（昭和八）年、「北方詩人」という雑誌の十月号に掲載されました。

するどいかたはお気づきのとおり、賢治先生は一九三三年九月二十一日に亡くなりましたので、この原稿は最晩年の賢治先生が依頼主へ送り、没後に掲載されたものです。先生は「産業組合青年会」と題をつけました。

前掲の引用は、その詩のほんの一部分です。場面としては、手製の地図を作成中のようです。花巻農学校の教員だったころの日付があります。

賢治先生が作品につけるタイトルは、しばしば詩の内容とはまったく関係がなさそうな場合があります。改稿を重ねるうちに、もとの姿を失ってしまうからです。あるいは、暗号文なのかもしれません。そのあてさきこそ、先生が心象スケッチをいちばん読んでほしかった人物なのです。

つめたい雨のなか、かすかにひかる水たまりや泥みちなど、産業とも組合とも関係のなさそうな描写ばかりが印象的につづられます。それらは賢治先生の内面では、すべてひとつのどうしても避けがたい沼地へとつづいているのです。狂おしい追憶と、呼んでもよいかもしれません。この沼は、先駆形では〔五郎沼〕と呼ばれています。

北上川が流路を変える以前には、川だったところでしょう。夏には蓮の花が咲き、冬には白鳥が飛来します。つまり、それが賢治先生の心象風景なのです。追憶のかなたに秘めておきたい風景でもありました。

取材班　詩の内容とは関係のなさそうなタイトルをあえてつけることに、賢治さんがあたらしさを感じていた面も見逃せません。やがて流行するシュルレアリスムを先どりしていた、とも云えます。

たとえば、賢治さんの青年期とほぼ同時代を過ごした一九〇〇年生まれの映画監督ルイス・ブニュエルと、一九〇四年生まれの画家サルバドール・ダリが制作した『アンダルシアの犬』はアンダルシアとも犬とも関係のない映画ですが、賢治さんの詩にも同時代の若者の気概が感じられます。

つまり、この時代の若者たちにとって、ことばの意味を解体すること、それを細分化し断片化し再構成することは、ごく自然な流れでした。

表現における常識や約束ごとの破棄に、賢治さんは人一倍熱心でした。一般的には姓であるカムパネルラという語を少年の名前としたのも、そうした意気ごみのあらわれなのでしょう。

しかもその少年は、賢治さんの自画像なのです。わたくしがカムパネルラさんに「銀河鉄道の夜」を語りなおしてほしいのも、そのためです。彼をとおして、（わたくしどもを、はぐらかそうとする）賢治さんの本音をさぐってみたいのです。

「産業組合青年会」と題する詩の先駆形に、賢治さんはこんな心象を記しています。

こんやわたくしが恋してあるいているものは
いつともしらぬすもものころの
なにかあかるい風象である

✺春と修羅　第二集　異稿　三一三　産業組合青年会　先駆形

3
家

ジョバンニが勢いよく帰って来たのは、ある裏町の小さな家でした。その三つならんだ入口の一番左側には空箱《あきばこ》に紫いろのケールやアスパラガスが植えてあって小さな二つの窓には日覆《ひおお》いが下りたままになっていました。

✺童話　銀河鉄道の夜　三、家

ジョバンニは活版所で植字工の仕事をして、賃金として〔小さな銀貨を一つ〕もらいます。それで〔パンの塊を一つと角砂糖を一袋〕買って、家へもどるのです。

ジョバンニがうけとる報酬は、賢治先生が原稿を手直しするたびに減りました。先生の最初の構想では、ブルカニロ博士の心理実験の被験者となったジョバンニが、博士の導きで夢の世界にはいり銀河鉄道の旅をする設定でした。その夢から醒めたジョバンニに博士がちかづいてきます。〔私は大へんいい実験をした〕と云い、謝礼として〔大きな二枚の金貨〕をくれるのです。この部分は、第四次稿で削除されます。

活版所の場面は、第四次稿であらたに書き足された部分であることはすでにお話ししたとおりです。先生はその書き足し部分をさらに修正します。当初のジョバンニは、放課後に活版所へ着いて鞄《かばん》を置くなり、〔店先にあった自転車を引っぱりだしてそのうしろの荷物台に〕印刷物の包みを結わえつけて配達にでかけるのです。〔二時間ばかり〕でもどり、賃金として〔小さな銀貨を三枚〕もらいます。

つぎに〔もうあと一時間〕だけ、活字をひろう仕事をするのです。ひろい終わったのは時計が〔六時をうってしばらくたったころ〕でした。

先生はこれを、大幅に修正します。配達の仕事は削除され、活字ひろいでもらう小さな銀貨も最初は〔二つ〕と書きながら、ついには〔一つ〕としたのです。減額された理由はよくわかりませんが、この部分が晩年の修正で加筆された原稿であることと関係しているようです。すでにお話ししたとおり、賢治先生は「銀河鉄道の夜」をケンタウル祭の夜の場面から書きはじめました。ジョバンニが活版所で働いて銀貨をもらうエピソードは、最終形のときに加筆されるのです。

配達のなかった牛乳をもらいに牛乳屋を訪ねたジョバンニは、そこで〔あしたにして下さい」という冷やかなあしらいを受け、泪《なみだ》ぐんで立ち去ります。病弱な母に飲んでもらうために、今夜じゅうにどうしても必要な牛乳でした。

のちに削除されるのですが、初期形の第三次稿でのジョバンニはつぎのような独白をしています。

今日、銀貨が一枚さえあったら、どこからでもコンデンスミルクを買って帰るんだけれど。ああ、ぼくはどんなにお金がほしいだろう。青い苹果《りんご》だってもうできているんだ。カムパネルラなんか、ほんとうにいいなあ。今日だって、銀貨を二枚も、運動場で弾《はじ》いたりしていた。

✺童話　銀河鉄道の夜　初期形三　ケンタウル祭の夜

牛乳がないなら加工乳でもよいのに、それすら買うお金がない、とジョバンニは嘆くのです。銀貨がもう一枚あれば買うことができます。ぼくが銀貨を「おはじき」がわりにして遊んでいる場面を、賢治先生が削除してくれたことに感謝します。

この初期形では、ぼくとジョバンニは同級生ではあっても親しくはない、という設定でした。おたがいの家庭環境がちがいすぎたからです。そのため、〔ステッドラーの色鉛筆でも何でも買える〕ぼくを羨むジョバンニの独白はまだしばらくつづくのです。〔カムパネルラと友だちだったら、どんなにいいだろう〕とも思うのです。

賢治先生はのちに、この部分に大きな×を書いて削りました。そうして、あの鉄道模型で遊ぶエピソードだけを残したのです。小さな汽車を走らせる場面のぼくとジョバンニは、もう友だち同士です。

カムパネルラのうちにはアルコールラムプで走る汽車があったんだ。レールを七つ組み合わせると円《まる》くなってそれに電柱や信号標もついていて信号標のあかりは汽車が通るときだけ青くなるようになっていたんだ。いつかアルコールがなくなったとき石油をつかったら、罐《かま》がすっかり煤《すす》けたよ。

✺童話　銀河鉄道の夜　三、家

あれは、ぼくの模型ではないのです。電池式のバッテリーで走る最新形ではなかったのがその証拠です。汽車や信号標の燃料はアルコールラムプでした。父が少年時代に買ってもらったものなのです。

ジョバンニのお母さんが話しているとおり、ぼくの父とジョバンニのお父さんは小さいときから友だち同士でした。その縁で、お父さんに連れられたジョバンニが、ぼくのうちへ遊びに来るようになったのです。彼は学校がえりに、ひとりでぼくのうちに寄るようにもなりました。父の留守に、ジョバンニとふたりで鉄道模型であそんだこともあります。アルコールがなくなって石油をつかったら燃料タンクが煤けてしまい、あとで父に怒られました。父の模型で勝手に遊んだからではなく、たいへん危険なことだからです。アルコールとちがい、石油は揮発性も可燃性もたかく、引火するおそれがあることを、ぼくとジョバンニはじゅうぶんに認識していなかったのです。

実はこのときも小さな火がでました。さいわい、石油の分量がわずかだったので、すぐに燃料タンクの蓋をしめたところ、酸素がなくなり、消火できたのです。危うく火事になるところでした。

4 ケンタウル祭の夜

ジョバンニは、せわしくいろいろのことを考えながら、さまざまの灯や木の枝で、すっかりきれいに飾られた街を通って行きました。時計屋の店には明るくネオン燈がついて、一秒ごとに石でこさえたふくろうの赤い眼が、くるっくるっとうごいたり、いろいろな宝石が海のよう

な色をした厚い硝子《ガラス》の盤に載って星のようにゆっくり循《めぐ》ったり、また向う側から、銅の人馬《じんば》がゆっくりこっちへまわって来たりするのでした。そのまん中に円《まる》い黒い星座早見が青いアスパラガスの葉で飾ってありました。

◎童話　銀河鉄道の夜　四、ケンタウル祭の夜

ケンタウル祭の晩、活版所の仕事から家にもどったジョバンニは、寝こんでいるお母さんを気づかってあかるくふるまい、離れて暮らすお姉さんがこしらえておいてくれたトマトの料理といっしょに買ってきたパンを食べます。それから、ふたたび町へ向かいました。

配達されているはずの牛乳がまだ届いていないので、こちらから店へもらいに行こうとかんがえたのです。ジョバンニの家は高台にあります。〔檜《ひのき》のまっ黒にならんだ町の坂を下りて来た〕ところに〔大きな一つの街燈《がいとう》が、青白く立派に光って立っていました。〕これが、中心街の入口です。

この町は川にちかく平らな土地ほど栄えているのです。治水の関係です。この時代、台地で水を確保するには深い井戸を掘らなければなりませんでした。それは費用もかかることですから、人々は水を得やすいひくい土地にあつまりました。高台は敬遠されたのです。

おそらく、ジョバンニの家では、坂の下の井戸からその日につかうぶんの水を汲んできて、水桶にためておくか、水売りから買うような暮らしだったと思います。

そんなわけで、この町では裕福な人ほど低地で暮らしています。牛乳屋は、町をよこぎったさきにありましたので、ジョバンニは道すがら川のそばを通り、町の人たちがケンタウル祭の聖人のために烏瓜《からすうり》のあかりを流すところを見物してゆくつもりでいました。すこしでも祭の夜の雰囲気をあじわおうと思ったのです。

彼が街燈の下の自分の影ぼうしと戯れていたとき、暗い小路《こうじ》からいきなりザネリがあらわれました。ジョバンニの眼の前で、真新しく尖《とが》ったえりのシャツが、ひらめきます。

ジョバンニは自分の着古した服に気おくれしながらも、〔ザネリ、烏瓜《からすうり》ながしに行くの。〕と声をかけました。すると、その問いかけの途中で、ザネリは〔ジョバンニ、お父さんから、らっこの上着が来るよ。〕と叫びました。

ジョバンニは〔ぱっと胸がつめたくなり、そこら中《じゅう》きぃんと鳴るように思い〕ながらも、〔何だい。ザネリ。〕と叫び返しました。けれども、ザネリは早くも〔向こうのひばの植わった家の中へ〕はいっていたのです。

取材班　〔ひばの植った家〕とは、高い生垣のある、それなりに立派な家ということです。

それにたいしてジョバンニは、入口にケールやアスパラガスを植えた箱がならべてあるのが見える〔裏町の小さな家〕で暮らしています。

少年たちの境遇のちがいを、賢治さんはコントラストの効果を生かした風景画として描いてみせたのです。

暗い路地から飛びだしてきた〔新らしいえりの尖《とが》ったシャツ〕のひらめく白さは、ほんとうに鮮烈でした。〔ぼろぼろのふだん着〕だったジョバンニとの対比が、きわだちます。

それは、年少のわたくしが、書物を読むことで得られる視覚的刺激の醍醐味をあじわった最初でもありました。それまで絵本の世界になじんでいた子どもが、ことばによって触発される意識の扉にたどりついたのです。それ以来、わたくしは挿絵のない書物を読むことが好きになりました。

賢治さんは、人々がことばのロマンティシズムに溺れていた時代に、いちはやくことばの映像化を実践したのです。それ以前は、教養人を愉しませることが文学でした。

中断、失礼しました。ひきつづき、カムパネルラさんのお話をどうぞ。

ザネリの意地悪をしのいで、なんとか気をふるいたたせたジョバンニは、ふたたび歩きだしました。

まもなく時計店のまえを通りかかります。ショーウインドウに飾られた機械仕掛けの天体模型や、アスパラガスの葉で飾られた星座早見盤をながめ、ジョバンニの心はわずかながらもなぐさめられました。

しかし、〔俄《にわ》かにお母さんの牛乳のこと〕を思いだし、時計店のまえをはなれて町のなかへあるきだします。〔ケンタウルス、露をふらせ。〕と口々に叫んだり、青いマグネシヤの花火を燃やして遊ぶ子どもたちとすれちがいました。

牛乳屋は、町はずれの丘のふもとにあります。ちょうど北から南へ空を渡る天の川が、その丘のうえへ流れ落ちているかのように見えるのでした。〔ポプラの木が幾本も幾本も、高く星ぞらに浮かんで〕います。ジョバンニは牛乳屋の黒い門をくぐり、〔今晩は、〕と声をかけました。二度目に、やっと留守番の人が出てきますが、〔誰もいないでわかりません。あしたにして下さい。〕とそっけなく云うのです。ジョバンニの心は、夏の夜にもかかわらず凍えてしまったにちがいありません。

初期形の原稿は、ここでジョバンニの長い独白をつづります。〔ああ、ぼくはどんなにお金がほしいだろう〕と彼は嘆くのです。その日、活版所での給金は銀貨一枚きりでした。それでパンと角砂糖を買ってしまったので、もうお金がないのです。あと一枚銀貨があれば、手に入らなかった牛乳のかわりに〔コンデンスミルクを買って帰るんだけれど。〕というわけなのです。

願望は、いつしかぼくの境遇への羨望にかわってゆきました。経済的に恵まれていることを云い、つぎには〔せいだって高いし〕、算術がよくできることや絵のうまいことをうらやみます。ついには〔水車を写生したのなどは、おとなだってあれくらいにできやしない〕とぼくを過大評価するのです。

取材班　ただいま、通信技師より連絡がはいりました。またもや、混線が生じ、通信が乱れているようです。

ひとこと申しあげたいので、ちょっと割りこませてもらいますよ。何者かを名のるのが礼儀でしょうね。こちらは中原宙也《なかはらちゅうや》です。いまの〔水車を写生した〕のところですよ。宮沢はまったく無意識で書いたのでしょうが、深層心理のあらわれなんです。ほうら、これは例の家なんだ。水車というのは、あの女《ひと》の婚家にあった〔水きね〕のことだからね。宮沢は、どうしたってあの景色から逃れることができない。晩年、自分の足でそこへ行かれなくなっても、意識の底にあの景色があらわれる。元恋人の嫁ぎ先のまわりを夜な夜な歩きまわった記憶が疼《うず》くんだ。

カムパネルラが画《か》いたことになっている水車の絵は、宮沢の心の眼にははっきり見えたにちがいない。〔心象スケッチ〕としてね。

ところで、宮沢はことさらに自分の作品を詩ではなく〔心象スケッチ〕だと主張したわけだが、あれは彼の専売特許ではない。おなじようなことを、とうの昔にアンデルセンが述べている。あのデンマーク人は、ある晩、思いがけず訪ねてきた古い友だちに、「ねえきみ、ぼくの話を絵にしてごらん。このうえない絵本ができるだろうよ」とすすめられた。で、そのとおり絵を画いてできあがったのが『絵のない絵本』なんだ。だからアンデルセンは、自分を「絵かき」だと云うんです。この物語は「紙に書いた、ささやかなスケッチ」なのだとね。

あれはね――あれ、とは『絵のない絵本』のことを指すんですよ――、あの時代のぼくらブンガク青年の、隠れたバイブルなんだ。宮沢なんかはとくに、「むさぼるように」読んだくちだと思いますね。ちょっとページをめくればわかりますよ。ポンペイのことも、水がエーテルのようにみえるということも、水面に浮かんだ瀕死の白鳥が、蓮の花のようだということも、みんなスケッチしてある。

…………。

（通信が回復しました）

町へひきかえしたジョバンニが、雑貨店のある十字路へさしかかったときのことでした。幾人かの人影があり、ぼんやりと白いシャツも見えました。めいめいに烏瓜《からすうり》の燈火《あかり》を手にしていました。聞こえてくる笑い声や口笛は、まぎれもなくジョバンニがよく知っている少年たちでした。

彼は〔思わずどきっとして戻ろう〕としましたが、もはや遅いと判断しました。ひきかえしたところで、背中にむかって〔らっこの上着が来るよ〕とことばを投げつけてくるにきまっています。そこで彼は、精いっぱい勢いをつけて少年たちのほうへ歩いていきました。

自分からさきに話しかけるつもりでいました。けれど、やはり緊張してすこし咽《のど》がつまってしまいました。すると、そこへつけこんだザネリが〔ジョバンニ、らっこの上着が来るよ。〕と叫ぶのでした。

ジョバンニはいたたまれず、急ぎ足で通りすぎようとします。そのとき、彼は気づきました。ザネリたちにまぎれたぼくの姿に。

悔やんでももう遅いのだと、ぼくも瞬時にさとりました。たとえ口にしなくても、その場にいた全員が〔らっこの上着が来るよ。〕と叫んだにひとしいのです。

賢治先生の「春と修羅」に記されたこんなことばが、ぼくのからだを重くしました。

(ひのきのひらめく六月に
おまえが刻《きざ》んだその線は
やがてどんな重荷になって
おまえに男らしい償《つぐな》いを強いるかわからない)

✺春と修羅　「雲とはんのき」

5 天気輪の柱

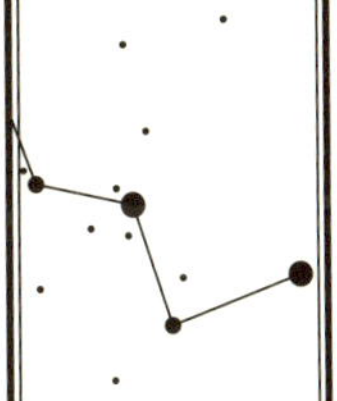

そのまっ黒な、松や楢《なら》の林を越えると、俄《にわ》かにがらんと空がひらけて、天の川がしらしらと南から北へ亘《わた》っているのが見え、また頂《いただき》の、天気輪の柱も見わけられたのでした。つりがねそうか野ぎくかの花が、そこらいちめんに、夢の中からでも薫《かお》りだしたというように咲き、鳥が一疋《ぴき》、丘の上を鳴き続けながら通って行きました。

童話　銀河鉄道の夜　五、天気輪の柱

この章の現存原稿は、第二十葉から第二十二葉の三枚です。ところが賢治先生の自筆のページ番号はそれぞれ「9」「10」「16」となっています。「11」から「15」までのページ番号を持つ原稿用紙は、いまでは存在しません。最晩年に手を入れたさい、賢治先生が自分で破棄したのです。

それがわかるのは、「10」の原稿を修正したその黒インクが、「16」の原稿にも染みているからです。まずはよぶんな原稿を取りのぞいてから、あらためて修正したことがわかります。

では、先生が廃棄した原稿にはなにが書いてあったのでしょう？　そのお話をするまえに、みなさんがお読みになる「銀河鉄道の夜」をひらき、この大幅削除の前後の文章を読んでおきましょう。5章の冒頭でご案内した部分のつづきになります。

ジョバンニは、頂の天気輪の柱の下に来て、どかどかするからだを、つめたい草に投げました。

町の灯は、暗《やみ》の中をまるで海の底のお宮のけしきのようにともり、子供らの歌う声や口笛、きれぎれの叫び声もかすかに聞えて来るのでした。風が遠くで鳴り、丘の草もしずかにそよぎ、ジョバンニの汗でぬれたシャツもつめたく冷《ひや》されました。ジョバンニは町のはずれから遠く黒くひろがった野原をみわたしました。

◎童話　銀河鉄道の夜　五、天気輪の柱

ここまでが「9」の原稿用紙のうしろから五行目よりはじまり、「10」の原稿用紙のまえから三行目までになります。賢治先生は四行目から十六行目までを大きく×で消し、改行でつぎの文章へと接続させます。

そこから汽車の音が聞えてきました。その小さな列車の窓は一列小さく赤く見え、その中にはたくさんの旅人が、苹果《りんご》を剝《む》いたり、わらったり、いろいろな風にしていると考えますと、ジョバンニは、もう何とも云えずかなしくなって、また眼をそらに挙げました。

ああああの白いそらの帯がみんな星だというぞ。

◎童話　銀河鉄道の夜　五、天気輪の柱

ここが「10」の原稿用紙の終わりになります。賢治先生はつづく五枚の原稿を破棄して、「16」の番号を持つ原稿用紙のまえから二行目〔ところがいくら見ていても、そのそらはひる先生の云《い》ったような、がらんとした冷いとこだとは思われませんでした〕へと、つなぐのでした。

この「16」の一行目は、廃棄された部分のつづきですので、先生は黒インクで線をひいて消していいます。〔ら、やっぱりその青い星を見つづけていました〕と書いてありました。

先生が削除した文章のうち、さきほどの「10」原稿用紙では黒インクで×をつけただけですので、もともと書いてあったブルーブラックインクの文章を、いまも読むことができるのです。

それは、つぎのようなジョバンニの独白でした。

（ぼくはもう、遠くへ行ってしまいたい。みんなからはなれて、どこまでもどこまでも行ってしまいたい。それでも、もしカムパネルラが、ぼくといっしょに来てくれたら、そして二人で、野原やさまざまの家をスケッチしながら、どこまでもどこまでも行くのなら、どんなにいいだろう。カムパネルラは決してぼくを怒っていないのだ。そしてぼくは、どんなに友だちがほしいだろう。ぼくはもう、カムパネルラが、ほんとうにぼくの友だちになって、決してうそをつかないなら、ぼくは命でもやってもいい。けれどもそう云《い》おうと思っても、いまはぼくはそれを、カムパネルラに云えなくなってしまった。一緒に遊ぶひまだってないんだ。ぼくはもう、空の遠くの遠くの方へ、たった一人で飛んで行ってしまいたい。）

銀河鉄道の夜　初期形三　天気輪の柱

6 銀河ステーション

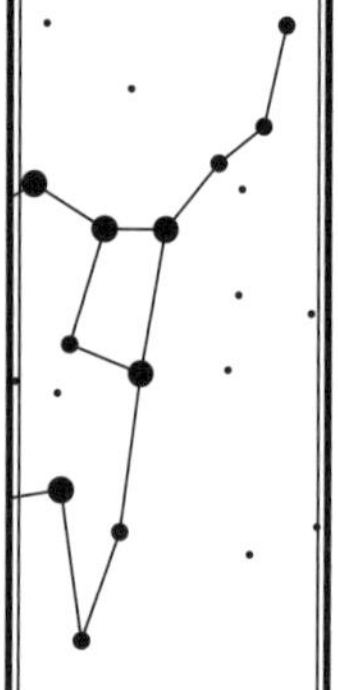

するとどこかで、ふしぎな声が、銀河ステーション、銀河ステーションと云う声がしたと思うといきなり眼の前が、ぱっと明るくなって、まるで億万の螢烏賊《ほたるいか》の火を一ぺんに化石させて、そら中に沈めたという工合《ぐあい》、またダイアモンド会社で、ねだんがやすくならないために、わざと穫《と》れないふりをして、かくして置いた金剛石を、誰《だれ》かがいきなりひっくりかえして、ばら撒《ま》いたという風に、眼の前がさあっと明るくなって、ジョバンニは、思わず何べんも眼を擦《こす》ってしまいました。

✺童話　銀河鉄道の夜　六、銀河ステーション

夜も更けて、ほんとうはとっくに家へ帰っているはずの時刻なのに、ぼくは鈴蘭の花のかたちの街燈が両側につらなる道を、ずいぶんな早足で歩いていました。どうしてそこにいるのか、はっきりとはわかりませんでした。

ただ、どこかへ急いでいました。道はなめらかで、白くひかっていました。広場かと思うほどの大通りです。そんな街道があっただろうか、と疑わしくなりましたが、ぼくは前へ前へと急ぐことばかりかんがえていました。

歩くというより、氷のうえを滑るような感じです。それにしては、頰に感じる風は冷たくないのです。スケート靴をはいていたわけでもありません。道はひろいのに、人影はまったくあ

りません。

景色は汽車の窓からみるように、帯になってうしろへ流れてゆきます。白いあかりを吊るした支柱は、ちかづけば鈴蘭の茎のごとくに頭《こうべ》を垂れます。ちょうどお城の侍女が位の高いひとと廊下ですれちがうときのように立ちどまり、膝をまげてつつましくお辞儀をするのでした。けれども、ぼくが通りすぎるやいなや、背をのばすのがわかりました。あくまでも機械的なしぐさなのです。

青暗くつらなる支柱のむこうに、淡い紫や紅いろをしたあかりが見えていました。あとになってわかるのですが、それは銀河ステーションの駅舎でした。もちろん、はじめは駅舎だと思いませんでした。だって、ぼくは鉄道に乗るつもりはありませんでしたから。

何時なのかも、わかりません。家にいれば、とっくに布団のなかで寝ていたはずです。でも、ぼくは立ちどまろうともせず、前方のあかりを目ざして進みました。

色とりどりのあかりの正体をつきとめようと、目を凝らしました。しだいに涙がにじんで、あかりはぼやけて大きくなりました。すると、こんどは竜宮城が見えてきたのです。この光景はどこかで見たことがあるな、と思いました。

空気は澄みきって、まるで水のように通りや店の中を流れましたし、街燈はみなまっ青なもみや楢《なら》の枝で包まれ、電気会社の前の六本のプラタヌスの木などは、中に沢山《たくさん》の豆電燈がついて、ほんとうにそこらは人魚の都のように見えるのでした。

✺童話　銀河鉄道の夜　四、ケンタウル祭の夜

竜宮城と見えたのは、駅舎でした。はじめて訪れる停車場です。お城の櫓《やぐら》のように、吹きぬけの屋根があります。白くてあかるい待合室には何列かの長椅子がならび、三人くらいの人が腰かけていました。あかるいけれどつめたいのです。

黒いマントの女の人がいました。帽子と頭巾がいっしょになったようなかぶりもので目もとはかくれていましたが、きれいな歯の口もとが見えました。砂浜に埋もれた白い貝殻のようでした。賢治先生が〔貝殻のいじらしくも白いかけら〕と書いた浜辺を思いだしました。

道端や足もとのありふれた光景のなかに、小さな現象を見つけだすのは、賢治先生の特質です。先生が書きとめなければ、この世界からこぼれ落ちて、二度とかえりみられることのない欠片《かけら》ばかりです。

まっ白になった柳沢洋服店のガラスの前
その藍《あい》いろの夕方の雪のけむりの中で
黒いマントの女の人に遭《あ》った。
帽巾に目はかくれ

白い顎《あご》ときれいな歯
（中略）
（何だ、うな、死んだなんて
いい位のごと云って
今ごろ此処《ここ》ら歩てるな。）

〔黒いマントの女の人〕は、トシさんであろうと思います。その待合室には賢治先生と花巻農学校で同僚だった奥寺五郎さんの姿もありました。それぞれ離れて腰かけていましたから、挨《あい》拶《さつ》はしませんでした。

ふたりとも、亡くなった人であることをぼくは承知していたのに、このときはすこしも不思議に思いませんでした。どちらかといえば、知った人が近くにいるのを歓迎する気持ちもありました。

肌寒い夜でした。そのうち、改札口をはさんで待合室と向かいあった駅事務室のガラス戸がひらき、なかから駅員さんが筒型の火屋《ほや》のついたストーブを持ってきて、火を熾《おこ》してくれたのです。灯油ストーブです。たしか、いまは夏のはずだけれど、とぼくはその日の記憶をたどろうとしたのですが、頭のなかはもやもやするばかりでした。

✺春と修羅　補遺　青森挽歌　三

〔ケンタウルス、露をふらせ。〕というだれかの声が遠くで聞こえました。それでようやくケンタウル祭の夜だったことを思いだしたのです。夏至の日を祝うお祭りです。夜羽《ヨハネ》という聖人を祀るのですが、ぼくたち子どもにとっては、電気菓子やカステーラといった特別なお菓子を味わえる日でした。

アスパラガスの葉を箒《ほうき》のように束ね、それをふりたてて〔ケンタウルス、露をふらせ。〕と云いながら町のなかを通りぬけてゆくのです。門口ごとにその箒で露はらいをします。そうすると、その家のひとたちが外へでてきて、三角袋にいれた砂糖菓子をくれるのです。

夏至を祝うケンタウル祭の晩ならば、ストーブが必要なほど寒いはずはないのに、ぼくはいつのまにかまっ黒な上着をはおっていましたし、それはなぜだか湿っていました。駅員さんの心づかいはありがたく、感謝してストーブで暖まりました。なぜだか、からだはとてもつめたかったのです。

「つぎの列車にお乗りで？」と訊かれて、ぼくは自動人形のごとく「はい」と答えましたが、ほんとうは自分がどうしてそこにいるのか、さっぱりわかりませんでした。

ただ、かすかに水のなかをくぐったように思っていました。町の景色が水の中にある人魚の都のように見えたのも、そのためなのです。

ぼくがぼんやりしていたからでしょう。駅員さんは「しばらくおなじ車室にいれば、だれかしらとお友だちになれますよ。ここでは、たいていのかたがひとり旅ですからね」とはげましてくれました。それから、急に思いついたように「運行地図をお持ちですか？」とたずねました。

「いいえ」

「それなら、いまもってまいりましょう」

駅員さんはいったん事務室へもどり、運行地図をもってきてくれました。おどろいたことに、それは真っ黒な地図でした。漆《うるし》の盆のように艶やかでしたが、地図ならばきっとあるはずの点も線も記号も、なにひとつ描かれていないのです。途惑っていましたら、駅員さんが説明してくれました。

「ここは天井燈が大きくて明るいからですよ。それはあたりが真っ暗になったときにこそ役立つ地図なのです。銀河を走りだせば、ちゃんと見えますからご安心なさい」

ぼくは駅員さんの説明で納得したわけではなかったのですが、あれこれ訊ねてこれ以上仕事のじゃまをしてはいけないと思い、お礼をのべて地図をうけとりました。

その地図をたずさえて、到着した銀河鉄道に乗りこんだのです。出かける予定はなかったのに、おかしなことだとは思いませんでした。

「銀河ステーション、銀河ステーション」という声をきいて、ようやく停車場のなまえを知りました。

小さな電燈がともる夜の車室で地図をながめましたら、駅員さんのことばどおり、星をあらわす点がぼんやりと浮かびあがってくるのです。ちょうど日の沈むころに、早々と暗くなったあたりで一等星が光りだすように。

車室のあかりが消えれば、もっと細かいところまで見えてくるそうです。けれども、ぼくはまたしても悩みました。駅員さんは鉄道の〔運行地図〕だと云って手渡してくれたはずなのに、それは星座早見盤であったからです。楕円の窓のあいた紙を台紙にかさねて、くるくると回して星の位置をたしかめるあの円盤でした。ただし、それは紙ではありません。夜空の黒い面はつるつると鏡のようになめらかで、天井燈が映るほどなのです。ただ、ガラスに触れたときのような冷たさはありませんでした。氷砂糖が冷たくないのとおなじです。

汽車というのはたいていそうですが、席についてほっとしたころにはもう走りだしているのです。車輪の軋《きし》む音がきこえてきました。窓の外で光が動きます。プラットフォームのY字の柱の列とあかりが流れ、そのうち駅舎の窓も遠のいてゆきました。ぼくは窓から乗りだすようにして小さくなる信号燈に目を凝らしました。進行方向に背を向けた窓側の席です。青じろい岸辺があって、銀のすすきが波をたてていました。

そのとき、通路をちかづいてくる足音がきこえてきました。ジョバンニの足音でした。

なぜ彼の足音を聞きわけられるかですって？

それは毎朝、彼がぼくの家に新聞を〔まわし〕にくるときになじんでいる足音だからです。まだ町じゅうが静かな時刻です。あかりがついているのは牛乳と新聞の販売所くらいのものでしょう。始発電車もまだ動きませんから、駅の信号もついていません。

ジョバンニは、ぼくの家ではまだだれも起きていないと思って新聞をおいてゆくのです。けれども、ぼくは起きだして、犬のザウエルといっしょに彼の足音に耳をそばだてていたのです。カーバイドの小さなコンロで牛乳を沸かして、砂糖をとかしたのを二つ用意していました。それがジョバンニの好物なのです。

でも、「おはよう」と云って扉をあけるのを毎朝ためらい、実行できずにいます。ジョバンニはぼくが同情するのをこころよく思わないだろうから。憐みは彼を傷つけてしまうでしょう。ぼくがどんなに何気なくふるまっても、新聞配達をしたり、放課後に活版所で芥子粒《けしつぶ》のような活字をひろったりするジョバンニの姿を意識せずにはいられません。それをジョバンニも感じとってしまうのです。

かわりに、ジョバンニが雪道を見誤って川へ落ちたり、牛乳配達の荷馬車とぶつかったりしないよう、見はっておくれ、とザウエルに云いつけて外へだすのです。

ボックスシートの席で向いあっていたのに、ジョバンニはしばらくぼくに気づきませんでした。ぼくが窓から身をのりだしていたせいで顔が見えなかったからです。それにジョバンニも窓の外に目をうばわれていました。彼は進行方向を向いて座っていました。どうしてぼくたちの座席を特定できるのか不思議に思われるならば、ジョバンニが銀河鉄道に乗りこんだ場面を思いだしてください。ここに席順のヒントがあります。

気がついてみると、さっきから、ごとごとごとごと、ジョバンニの乗っている小さな列車が走りつづけていたのでした。ほんとうにジョバンニは、夜の軽便《けいべん》鉄道の、小さな黄いろの電燈のならんだ車室に、窓から外を見ながら座っていたのです。車室の中は、青い天蚕絨《びろうど》を張った腰掛けが、まるでがら明きで、向こうの鼠《ねずみ》いろのワニスを塗った壁には、真鍮《しんちゅう》の大きなぼたんが二つ光っているのでした。

✺童話　銀河鉄道の夜　六、銀河ステーション

車室が〔まるでがら明き〕ならば、好きな座席を選べます。たいていの少年は、迷わず進行方向の窓側にすわることでしょう。ジョバンニもそうしました。それでもまだご納得いただけないならば、つぎのような場面を証拠として「提出」します。

「それにこの汽車石炭をたいていないねえ。」ジョバンニが左手をつき出して窓から前の方を見ながら云いました。

窓ぎわの席についた子どもの多くがそうするように、ジョバンニも窓枠に左ひじをのせ、身をのりだして前方にある機関車のほうをうかがってみたのです。彼が進行方向を向いているのはあきらかです。すると、向かいあわせの窓ぎわにいるぼくは進行方向に背を向けていることになるわけです。

〔がら明き〕だった車室でぼくが〔進行方向に背を向けた席〕を、わざわざ選んだのには理由があります。

駅員さんにもらった〔運行地図〕をながめていたからなのです。すでにお話ししたとおり、それは星座早見盤を模した星の地図でした。車室の暗い電燈のもとでその黒い盤に目を凝らしますと、星空がみえてきます。なかでも、ひときわ星の数が多く、乳白の流れのようにみえるところが天の川です。その岸辺にそって、〔南へ南へ〕と鉄道線路がのびているのでした。

（……）カムパネルラは、円《まる》い板のようになった地図を、しきりにぐるぐるまわして見ていました。まったくその中に、白くあらわされた天の川の左の岸に沿って一条の鉄道線路が、南へ南へとたどって行くのでした。

✺童話　銀河鉄道の夜　六、銀河ステーションぼくとジョバンニが乗った銀河鉄道が天の川の左岸を南へ翔けてゆくのを、もしも地上からながめたとしたら、汽車の天蓋《てんがい》が見えたことでしょう（天を飛ぶプロペラ機をながめればその機体の腹が見えるのに）。

その理由は簡単です。賢治先生にとって、銀河は北上川が天に写った鏡像だからです。銀河鉄道はその鏡像のなかの鉄路を走ってゆくので、地上からは汽車の天蓋を見ることになるのです。

星座早見盤が黒曜石でできているのもおなじ理由です。それは星空を映す鏡なのです。ぼくは黒い翼に星を映す鳥のことを思いだしました。ホシガラスと呼ばれるその鳥は、はじめは低地の烏とおなじように真っ黒だったのに、星空にちかい高山地帯で暮らすうちに、星影を映すようになったと鳥の目録に書いてあります。もちろん、伝説です。

のどのところに、木の実を貯めこむ袋をもっていて、ハイマツの種ならば、百粒くらいははいるそうです。それを、真冬でも雪が積もらない断崖絶壁の岩のあいだに少しずつ隠して、厳しい冬の保存食にするのです。

ぼくは鳥のことを調べたり、スケッチしたり、双眼鏡でながめたりするのが好きでした。銀河鉄道に乗ったときには、スケッチ帳も双眼鏡も、水筒も磁石も持たずにきてしまったことを、すこしだけ残念に思いました。その一瞬は、遠足のような気分になっていたのです。

「ああしまった。ぼく、水筒を忘れてきた。スケッチ帳も忘れてきた。けれど構《かま》わない。もうじき白鳥の停車場だから。ぼく、白鳥を見るなら、ほんとうにすきだ。川の遠くを飛んでいたって、ぼくはきっと見える。

✺童話　銀河鉄道の夜　六、銀河ステーション

このときの汽車の旅が遠足ではないことを、ぼくはうすうす承知していました。だって、銀河ステーションの待合室に、宮沢トシさんらしい人や奥寺先生の姿がありましたから。あのかたたちはもう、星の界《よ》で暮らしているはずでした。

汽車はごとごと走っているのですが、煙も煤《すす》も灰も流れてきません。窓から顔をだしていれば、たいてい煤を吸いこんでしまうものなのに、窓枠にも煤はありません。動力がなにであるのかは謎でした。すくなくとも石炭ではなさそうでした。火の粉が飛んでいなかったので。

賢治先生は科学者として、技術の進歩をだれよりも意識していました。アインシュタイン氏の来日が妹のトシさんの最晩年とかさなっていたのも、ひとつの因縁であったかもしれません。先生は最先端の知識にふれながら、時間と空間について大いにかんがえをめぐらし、想像力を駆使して〔銀河旅行〕をもくろみ、黒曜石の地図を描きだしたのです。

漆黒の地図は、奇《く》しくも、みなさんがお使いになるタブレット端末そのものでした。
先生はこんなことを書いています。
記録や歴史　あるいは地史というものも
それのいろいろの論料《データ》といっしょに
（因果《いんが》の時空的制約のもとに）
われわれがかんじているのに過ぎません
おそらくこれから二千年もたったころは
それ相当のちがった地質学が流用され
相当した証拠《しょうこ》もまた次次過去から現出し（……）
※春と修羅　序
ここで、賢治先生は専門であった地質学について述べておいでなのですが、ひとしく科学全般にあてはまることと認識していらしたと思います。

「序」のさいごは、〔すべてこれらの命題は／心象や時間それ自身の性質として／第四次延長のなかで主張されます〕としめくくられます。つまり時代が進めば科学や技術は更新される。

そういうものなのだ、とおっしゃっているのです。

賢治先生は黒曜石の地図を、ファンタジーとして示したのではなく、将来実現しうる技術として思い描いたのでした。芸術家のインスピレーションは、しばしばテクノロジーの進化を予言します。

「銀河鉄道の夜」の初期形第三次稿にたびたびでてくる〔セロのような声〕というのも、楽器が奏でる音のイメージではなく、デジタル信号による音声にちかいものであったかもしれません。

詩人であれば当然ですが、賢治先生は「耳のよい」人でした。感覚の鋭さは、空想力においてもその時代の人々を圧倒するのです。

ところでみなさんは、賢治先生の書いた「銀河鉄道の夜」をお読みになって、なんとなく鉄路が北へ向かっているように思ってはいませんでしたか？

賢治先生の作品にしばしば登場する鉄道が東北本線であり、その名のとおり東北地方を縦断する鉄路であることは、みなさんもご存じのとおりです。上野から青森まで鉄路がとおり、そのさきは連絡船で函館に渡ります。さらに函館本線、宗谷本線をのりついで稚内《わっかない》へ行けば、こんどは樺太《からふと》行きの連絡船へと接続できるのです。

一九二三（大正十二）年七月、賢治先生は勤務先である花巻農学校の生徒の就職斡旋のために樺太旅行にでかけました。標本採集など個人的な目的もふくまれるので、おそらく公費ではなく自費であったと思います。先生は公私の別には厳しくのぞんでいたかたです。

旅のようすは、『春と修羅』の「オホーツク挽歌」や「青森挽歌」「樺太鉄道」「鈴谷《すずや》平原」「噴火湾（ノクターン）」といった作品群においてスケッチされます。

これらの詩群になじんでいらっしゃるかたほど、銀河鉄道の鉄路が北を向いているように錯覚したのではないでしょうか。古い地図に記された最果ての白鳥湖をめざしての旅だと。

「生徒の就職斡旋」が、賢治先生にとって旅にでるための方便だったことは、みなさまも見抜いておられるとおりです。先生は、なんとしても樺太へ出かけたかったのです。

珍しい景色や体験は、賢治先生の創作にとって欠くことのできない霊感源でありました。観察と記録は、鎮魂や祈りとひとつづきの欲望であったと云ってもよいでしょう。

わたくしが樺太《からふと》のひとのない海岸を
ひとり歩いたり疲れて睡《ねむ》ったりしているとき
とし子はあの青いところのはてにいて
なにをしているのかわからない

✺春と修羅　オホーツク挽歌

ここで賢治先生がスケッチした「青いところ」とは、〔水平線までうららかに延び〕た緑青の海と〔雲の塁帯《るいたい》構造のつぎ目から／一きれのぞく天の青〕による〔二つの青いいろ〕を指しています。塁帯構造とは聞きなれないことばですね。雲の状態をあらわす気象用語ではなく、鉱物学の用語です。

ああ、まったく賢治先生という人は、どこにいても観察をやめられないのです。おまけに、真実を巧妙にかくしています。この樺太旅行が、前年に亡くなった妹のトシさんをしのび、どうにかして通信ができないものかと方途を求める旅であることに偽りはありません。けれども、それがすべてではなかったと、ぼくはあえて告発したいのです。

なぜなら、賢治先生の〔カムパネルラの恋。〕という鉛筆の走り書きは、ぼくに託された遺言にちがいないと思うからです。うずもれてしまった遠い日の恋を懐かしむ賢治先生の声が聞こえてくるのです。

賢治先生は「詩」のなかでは、かたくなに「とし子」と呼びかけます。ところで、みなさまもご承知のとおり、宮沢家の長女は「トシ」が本名です。「とし子」というのは、先生の心象スケッチにおける登場人物の名前なのです。「銀河鉄道の夜」の「かおる子」と同等です。

もちろん、妹のトシさんの面影が色濃く反映されていることを、ぼくは否定しているのではありませんし、宮沢家のなかでトシさんはたしかに「トシ子」と呼ばれていました（賢治先生が賢さんと呼ばれたように、これは家族内の通称でした。宮沢家はそのような家庭風土であったのです)。

ただ、そうであったとしても、やはり「トシ子」と「とし子」は同一ではないのです。「とし子」として描かれるのはひとりの女の人ではなかった、とぼくは云いたいのです。「とし子」という名前は、賢治先生のまならうらを通りすぎた多くの女《ひと》たちの総称なのです。

……ぼくはひとりでいくつもの名前をもつひとりの女とつきあっていた。彼女は「何人もの女」だった。そうなんだ。泰子も佐規子もおさきも妹も、みんな女だ。

いかに泰子、いまこそは
しづかに一緒に、をりませう。
遠くの空を、飛ぶ鳥も
いたいけな情け、みちてます。

※中原中也『山羊の歌』「時こそ今は……」

(ただいま、一瞬通信障害が発生しました)

ぼくは運行地図を手にしたとき、暗黒の淵をのぞきました。知らぬまに、その正体にふれていたのです。闇というのは、黄泉《よみ》の転訛だと聞きました。ほんとうか嘘かはわかりません。けれど、見てしまったら、入ったのとおなじことなのです。それについてはのちにくわしくお話しできるでしょう。

ここでは〔運行地図〕がまっ黒な円盤であったことをどうぞ記憶にとどめておいてください。それは亡くなった人が地獄の淵で目にする浄玻璃《じょうはり》のようです。生前の善行も悪行もすべてあばくというあの鏡です。「銀河鉄道」は魂の乗りものなのです。

賢治先生の樺太旅行を、たどってみましょう。旅の初日は、一九二三（大正十二）年七月三十一日です。この日は勤務する農学校の授業がひるすぎまであり、以後夏休みになりました。賢治先生はその晩の汽車で旅立ちます。

大正時代の東北本線下りの花巻発最終列車は午後九時台までありました。六時間ほどかかって朝早く青森駅に到着しますが、この時間は連絡船への乗りつぎがなく、賢治先生は朝一番の連絡船を待ったはずです。その船はひるすぎに函館へつきました。目的地は樺太ですから、函館本線、宗谷本線をのりついで稚内へ行き、航路で大泊《おおとまり》へ向かうことになります。

八月二日（木）。深夜に稚内を出航する連絡船に乗りこんだ賢治先生が、樺太の大泊の港に着いたのは八月三日の早朝でした。

このたびの樺太旅行の名目は生徒の就職依頼のため、かつての同窓生、細越健氏をたずねることでした。パナマ帽にリンネルの背広という夏の正装です。賢治先生もまずはその用件をすませます。

首尾よく話が運んだかどうかはわかりませんし、「むずかしい」という返事であったとしても、そのことで先生が落胆することもなかったでしょう。それよりも、最果て駅へ向かう愉しさのほうが勝っていたはずです。当時の樺太鉄道は栄浜《さかえはま》駅が終着駅で、最果てだったのです。ただし、貨物列車を走らせる支線があり、旅客の便乗を許可する場合もありました。八月三日の晩を栄浜の宿ですごした先生は、翌朝、散歩にでかけます。そのさい、支線を利用して浜辺へ至ったかもしれません。潮騒にみちびかれて荒地をぬければ、目の前に朝の海がよこたわっていました。

白い片岩《へんがん》類の小砂利《こじゃり》に倒れ
波できれいにみがかれた
ひときれの貝殻《かいがら》を口に含み
わたくしはしばらくねむろうとおもう
なぜならさっきのあの熟した黒い実のついた
まっ青なこけももの上等の敷物《カーペット》と

おおきな赤いはまばらの花と
不思議な釣鐘草《ブリーベル》とのなかで
サガレンの朝の妖精《ようせい》にやった
透明なわたくしのエネルギーを
いまこれらの濤《なみ》のおとや
しめったにおいのいい風や
雲のひかりから恢復《かいふく》しなければならないから

◎春と修羅　オホーツク挽歌

ぼくはこの〔釣鐘草〕は、ハマベンケイソウであったろうと思います。北海道やオホーツク海沿岸からアラスカにかけて分布するこの北方特有の植物を、賢治先生はおそらくはじめて目にしたのです。ちょうど花を咲かせる季節でした。下向きの鐘型のうす青い花冠は長さ一センチほどで、まさに小さな鐘《カムパネルラ》です。

年譜では翌八月五日と六日の行動は不明で、七日になって「鈴谷平原」をスケッチしたのち、〔標本をいっぱいもって〕十一時発の連絡船に乗船するのです。採集や簡易保存の道具はカバンにしのばせてあったのでしょう。

「何の用でここへ来たの、何かしらべに来たの、何かしらべに来たの。」
西の山地から吹いて来たまだ少しつめたい風が私の見すぼらしい黄いろの上着をぱたぱたかすめながら何べんも何べんも通って行きました。

◉童話　サガレンと八月

この日の賢治先生はいちだんと浮き浮きしています。蒼《あお》い眼のすがるに出会い、〔小さな白い貝殻に円い小さな孔《あな》があいて落ちている〕標本をみつけます。〔十字狐《じゅうじぎつね》だってとれるにちがいない〕と期待もふくらみます。十字狐というのは、オニアサリの貝殻に、まれに十字のもようが出るのを俗にそう呼ぶのです。
もちろんそんなたのしさは先生がこの旅のあいだじゅうかかえこんでいた〔うれいや悲しみに対立するものではない〕のでしたが、〔まっすぐに天に立って加奈太《カナダ》式に風にゆれ〕るとどまつや〔夢よりもたかくのびた白樺《しらかば》〕にこころをうばわれるのでした。

こんなうるんで秋の雲のとぶ日
鈴谷平野の荒《す》さんだ山際《やまぎわ》の焼け跡《あと》に
わたくしはこんなにたのしくすわっている

取材班　焼け跡があるのは、「樺太鉄道」にもあるとおり、松毛虫によって枯れた松を焼きはらったためです。

遠景には〔クリスマスツリーに使いたいような〕とどまつがいっぱいに生えています。とどまつはモミ属の樹木なので賢治さんにクリスマスツリーを連想させたのですが、それは別れた恋人との思い出にもつながります。そのため、賢治さんは八月のサガレンで、クリスマスのことなど連想しているのです。この旅は若ものにありがちな感傷旅行でもあったのです。

樺太旅行は、妹トシさんの魂の行方をさぐる鎮魂の旅として知られています。けれども、それがすべてではなかったのです。

賢治さんにとってはもうひとつの「別れ」を受けいれる旅でもありました。樺太旅行に先立つ六月のある日、賢治先生は恋人と別れる決心をしていたのです。

六月は夏至祭の季節です。賢治さんが、ひそかに〔ケンタウル祭〕と名づけ、聖木をたてまつるあの特別な星まわりの季節でした。

……だからさ、ぼくはこの詩が気にかかるんだ。カムパネルラがすでに自分の重荷として提出しているが、それはつまり彼が宮沢の罪を背負っているからだ。

〈ひのきのひらめく六月に
おまえが刻《きざ》んだその線は
やがてどんな重荷になって
おまえに男らしい償《つぐな》いを強いるかわからない〉

✺春と修羅　雲とはんのき

新芽が吹き、樹木の緑はまぶしくひらめく。けれどもそんな心浮きたつはずの六月に、宮沢はひとつづりの恋を終わらせた。

「線」で閉じたんだ。これが恋人たちのわかれを意味することは『宮沢家所蔵本』の直しによってあきらかだよ。宮沢はそこで「線」を「劃」と鉛筆で修正した。この字には「断ち切る」という意味があるからだ。ケンタウル祭は、破局を象徴する祭だったんだ。

〈通信障害発生中〉

……いまふうに、リンクと云ってほしいね。必要な情報だろう？　さっきの「線」に話をもどせばだ、それこそ〔水部の線〕というわけさ。星祭は七夕伝説でもある。織女と牽牛は天の川に隔てられて、一年に一度しか逢えない。〔鉄筆でごりごり引いた／北上川の水部の線が／いままっ青にひかりだす……〕と「産業組合青年会〈先駆形〉」で書いた宮沢は、晩年にまた文語詩でこの題材をくりかえす。

きみがおもかげ　うかべんと
夜を仰げばこのまひる
蠟紙《ろうし》に描《か》きし北上の
水線青くひかるなれ

✺文語詩未定稿　水部の線

天の川は、地上の地図に刻んだ北上川の線とおなじだと云うのさ。川はまさに別れの場所なんだ。人と人というだけでなく！　時と場所を割くんだ。ぼくの「冬の長門峡」を思い浮かべてくれてもいい。

〔長門峡に、水は流れてありにけり。／寒い寒い日なりき。〕というあれさ。

水は、恰《あたか》も魂あるものの如く、
流れ流れてありにけり。
やがても蜜柑《みかん》の如き夕陽、

欄干にこぼれたり。
あゝ！　――そのやうな時もありき、
寒い寒い　日なりき。

◎中原中也「冬の長門峡」

取材班（混線をお詫びします。通信は正常に回復いたしました）

ぼくはあのケンタウル祭の晩に、取り消しようのない過ちをおかしたのです。ザネリが「らっこの上着が来るよ」とジョバンニにむかって叫んだとき、ぼくはザネリといっしょにいました。あのとき、ぼくがザネリを殴ればよかったのに、そうしませんでした。ジョバンニにたいして、すまないと思う気持ちをもちながら、なにもしなかったのです。そればかりか、なにもしない自分をごまかすために、口笛を吹いてその場から立ち去ったのでした。

やがて水のなかで、ぼくは先生のおっしゃる〔重荷〕を身をもって体験することになりました。おかした罪と同等の錘《おもり》が、ぼくのからだを沈めるのです。ちょうどあのアンデルセン童話の、パンを踏んで、泥水のなかへ深く深く沈んでゆく娘のように。

からだが沈むいっぽうなのは、当然だと思っていました。星が、小さく小さく遠のいてゆきました。

取材班　賢治さんの処女詩集『春と修羅』の最後に「冬と銀河ステーション」という詩があります。この詩のなかに出てくる土沢は、岩手軽便鉄道の駅がある町でした。賢治さんが〔パッセン大街道〕と称した釜石街道も通っています。そのため、現代の釜石線「土沢駅」は〔銀河ステーション〕のモデルであるとみなされていますが、ここで重要なのは土沢こそ、賢治さんの恋のお相手だった人の嫁ぎ先であったことなのです。夫となった人は年長の医師でした。『春と修羅』は一九二四年四月二十日に刊行されますが、その一月後《ひとつき》、別れた人は夫とともに渡米するのです。

みんなは生《なま》ゴムの長靴《ながぐつ》をはき
狐《きつね》や犬の毛皮を着て
陶器《とうき》の露店《ろてん》をひやかしたり
ぶらさがった章魚《たこ》を品さだめしたりする
あのにぎやかな土沢の冬の市日《いちび》です。
（はんの木とまばゆい雲のアルコオル
あすこにやどりぎの黄金《きん》のゴールが

✺春と修羅　冬と銀河ステーション

さめざめとしてひかってもいい)

やどり木は欧米諸国のクリスマスには欠かせない植物とされています。ですから、「冬と銀河ステーション」のスケッチには、常磐色《ときわいろ》の葉や赤い実でかざりたてるクリスマスのような市のにぎわいが描かれるのです。

「やどりぎの黄金のゴール」というのは、賢治さんらしいスケッチです。ゴールは虫こぶをあらわすgallのことだというのが定説になっていますが、これも賢治さんお得意の「ことば遊び」のひとつであると思われます。黄金《ゴールド》とゴールの、語呂あわせです。

妖精はむろんのこと、コロボックルやgoblinなども登場させている賢治さんは、古代ケルトの人々がカシワやクヌギなどの樹木に寄生するヤドリギを神聖視していたことも知っていました。カシワは防火樹としても植えられ山火とも縁《ゆかり》の深い植物です。

……火は南でも燃えている
ドルメンまがいの花崗《みかげ》岩を載せた
千尺ばかりの準平原が

あっちもこっちも燃えてるらしい
〈古代神楽を伝えたり
古風に公事をしたりする
大償《おおつぐない》や八木巻へんの
小さな森林消防隊〉……

◎春と修羅　第二集　八六　山火

なにより、ドルメンに関心をよせている点で賢治さんが古代ケルトについての知識をもっていたことがわかります。ドルメンはケルト語で「石のテーブル」を意味します。現代人にはそう見えるだけで、古代人がテーブルとしてつかったわけではありません。欧州各地にみられる巨石の構築物をそう呼ぶのです。石が立ちあがっているものはメンヒルと呼ばれました。

古代ケルトの夏至祭や冬至祭は、キリスト教化の過程で聖ヨハネ祭や降誕祭に変化しました。彼らが異教徒として生活圏をうばわれてゆく過程を、賢治さんは東北の蝦夷《えみし》が北へ北へと追われていった姿に重ねたのです。

賢治さんがクリスマスなどのキリスト教の行事を描くとき、それはたんに西洋へのあこがれや洋風好みというだけではなく、異教の地と順化した地との境界線を意識することであったと思います。

……その話題なら、ぼくにもしゃべらせてほしいなあ。「この小児」という詩を書いたことがあるのでね。

コボルト空に往交《ゆきか》へば、
野に
蒼白の
この小児。

✺中原中也『在りし日の歌』「この小児」

これはドイツ語の kobold で、まあゲルマン系の一寸法師というところ。ケルトの goblin とおなじこと。ぼくには亡霊でもあって、白い風の吹く秋口の曇り空ともなればもう、空は亡霊だらけ。宮沢の場合は、川をながめれば死人だらけ。

青じろき流れのなかを死人ながれ人々長きうでもて泳げり

✺歌稿　六八一

これは宮沢が大正七年五月に土性調査のためにあるきまわったときの印象を詠んだものだが、いったいあの男は何を見たのか。問題となるのは北上川の東側の地域をまわったときだ。宮沢は権現堂山《ごんげんどうやま》をこえて、廻舘山《まつだちやま》のふもとをまわり大迫《おおはさま》町に宿をとった。

ここは大和朝廷の時代に奥六郡と呼ばれた豪族の支配地域で、彼らの闘いの最前線でもあった。なにとの闘いかといえば、それは蝦夷だ。だから、取材班の松本女史はなかなかいい線を衝いている。

そこではかつて、死人が川を流れる闘いもあり、その亡霊が宮沢には見えてしまったというわけだ。そんな千年以上も昔の亡霊が、なぜいまさら見えるのか！と云うなかれ。過去はいつだって、すきまさえあれば流れでてくる。透けて見えると云ってもよいが。

けれども晩年の宮沢にとって、川とその流域は別れの象徴でもあった。そんな意味あいをこめて文語詩をつづったのだ。

谷権現《たにごんげん》のまつりとて
麓に白きのぼりたち
むらがり続く丘丘《おか》に
鼓の音《ね》の数のしどろなる

穎花《はな》青じろき稲《いな》むしろ
水路の縁《へり》にたたずみて
朝の曇りのこんにゃくを
さくさくさくと切りにけり

◎文語詩稿　一百篇　異稿　祭日　一　先駆形C

さて、祭日の朝市をひやかしにきた宮沢は、水路のへりにたたずんで、丘や青い田んぼをながめていた。しまいにやつの頭のなかで過去がどのように流れだしたものか、〔こんにゃくをさくさくさくと切り〕ときた。
この〔こんにゃく〕をコンヤクと読んでしまったのは、ぼくだけでしょうかね。宮沢は、晩年になってもまだ、こんなふうにかつての婚約破棄に固執していたのだ。……はいはい、おっしゃりたいことはわかります。ぼくも同類なのは認めましょう。

嵐のやうな心の歴史は
終焉《をは》つてしまつたもののやうに
そこから繰《たぐ》れる一つの緒《いとぐち》もないもののやうに
燃ゆる日の彼方《かなた》に睡る。

私は残る、亡骸《なきがら》として――

血を吐くやうなせつなさかなしさ。


◉中原中也『山羊の歌』「夏」


湿気《しめ》っぽいので話題をもとへもどします。現代人のみなさんにはkobold《コボルト》が転訛してkobalt《コバルト》になるのだと説明する必要もございますまい。英語圏でいうところのcobaltです。

ゲルマン人の伝説では、コボルトが銀を盗んだ残りがコバルトで、云うなれば滓《かす》あつかい。放射線の使い道を知らなかった時代ゆえ。メッキの材料としては優秀でした。硝子を青くするのもコバルトです。

しかし、コボルトなどとうに忘れさられ、コバルトの使用頻度が高まった現代では、ぼくの詩の一行目も〔コボルト空に／往交へば〕とお読みのひともあるでしょう。もしくはコバルト空の誤植だと思われるかもしれない。

どうぞ、お好きに。ぼくにとって重要なのは、宮沢とおなじく時間なんですよ。〔在りし日〕というやつだ。古代ケルトも蝦夷もひっくるめてね。ぼくの「この小児」も、時間の分け目を〈見てしまった〉ことを書いたんだ。

宮沢も時間を巻きもどしたり、早送りしたり、刻んだりつないだり、切りとってべつのところへ貼りつけたり。そうとう好き勝手にやっている。

　パッセン大街道のひのきから
　しずくは燃えていちめんに降り
　はねあがる青い枝や
　紅玉やトパースまたいろいろのスペクトルや
　もうまるで市場のような盛《さか》んな取引です

　　　　　　　　　　　　　　　　　　✺春と修羅　冬と銀河ステーション

　ひのきに積もった雪は夜のあいだに凍りつき、その重みでたわんでる。あくる日、晴れれば〔凍ったしずく〕を燃やしながらいちめんに降り、身軽くなった枝はまた、はねあがるようにもとへもどる。まるで〔水きね〕だ。そのときに〔しずく〕も飛び散り、氷の結晶に反射した光が紅や黄のスペクトルを出現させた。

　夜通しどこか（おそらくは、元恋人の婚家のまわり）を歩いてきた宮沢は、軽便鉄道に乗って家路につくところ。「冬と銀河ステーション」はその車窓の景色と、いま通りぬけてきた朝市のにぎわいとが並列にスケッチされる。しかし、連続しているわけではない。このスケッチを断面図としてながめれば、時間のずれが段層としてあらわれるんだ。映画の愛好家でもあった宮沢は、フラッシュバックの効果をとりいれたんだね……。

(窓のガラスの氷の羊歯《しだ》は
だんだん白い湯気《ゆげ》にかわる)

✺春と修羅　冬と銀河ステーション

取材班　ただいま混線を確認しましたが、有意義なお話であったと思います。そろそろ、白鳥のステーションに着くようです。

7　北十字とプリオシン海岸

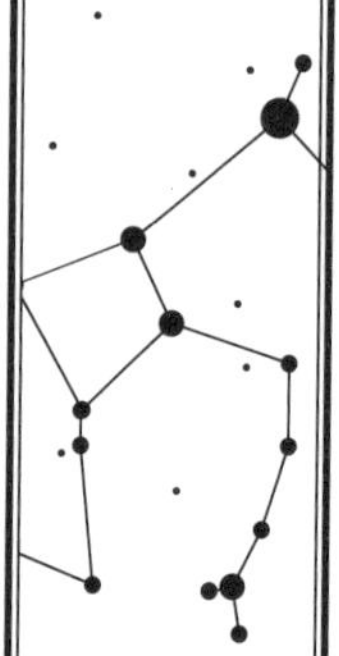

「もうじき白鳥の停車場だねえ。」

「ああ、十一時かっきりには着くんだよ。」

早くも、シグナルの緑の燈《あかり》と、ぼんやり白い柱とが、ちらっと窓のそとを過ぎ、それから硫《い》黄《おう》のほのおのようなくらいぼんやりした転てつ機の前のあかりが窓の下を通り、汽車はだんだんゆるやかになって、間もなくプラットホームの一列の電燈が、うつくしく規則正しくあらわれ、それがだんだん大きくなってひろがって、二人は丁度《ちょうど》白鳥停車場の、大きな時計の前に来てとまりました。

✺童話　銀河鉄道の夜　七、北十字とプリオシン海岸

賢治先生の最初の構想では、銀河鉄道に乗りあわせる以前のぼくとジョバンニは、おなじ学級の生徒ではあるものの、親しいあいだがらではありませんでした。そのため、ジョバンニはぼくとの旅に、はしゃいでしまいます。

ぼくが線路ぎわのりんどうの花に見とれて〔もうすっかり秋だねえ。〕と声をもらしたのにこたえて、〔ぼく、飛び下りて、あいつをとって、また飛び乗ってみせようか。〕などと気負ってみせるのです。さいわい、りんどうの花は飛ぶように去って、その場はジョバンニも思いとどまるのでしたが、またすぐに次のりんどうの花が〔湧《わ》くように、雨のように〕あらわれました。

あんなにきれいな野原を見たことはありません。ひとときだけ幸福な気持ちになりました。

けれど、すぐにまたからだのなかにある重荷が、ぼくを不安にするのでした。

　にわかに車室があかるくなり、銀河のながれのまん中に白鳥の島が見えました。白い十字架が〔すきっとした金いろの円光をいただいて、しずかに永久に立っているのでした〕。またりんどうの花がゆれています。〔草をかくれたり出たりするのは、やさしい狐火《きつねび》のように思われました〕。


　白鳥の島が遠のき、かわって白鳥の停車場が見えてきました。二十分の停車です。ぼくたちは下りてみることにしました。白い岩が運動場のように、たいらにならんだところがあります。そこには〔プリオシン海岸〕と書いた標札が立っていました。ここが北上川における〔イギリス海岸〕の異化であることは、ご説明するまでもないでしょう。

　賢治先生は北上川と猿ヶ石川の合流地点を〔イギリス海岸〕と名づけていました。露出した泥岩の一帯が日に照らされてまっ白に見え、イギリスにある白亜紀の海岸のようだということからの命名です。

　先生はここでくるみの化石や動物の足跡をみつけたこともあります。夏ともなれば、水遊びをする人影や日にかがやく景色が、そこを外国風に仕立てます。〔フランスかイギリスか、そう云う遠い所〕を思わせるのでした。先生はここが地質年代では第三紀の後半（現在は鮮新《せんしん》世《せい》〕にあたるとかんがえ、〔銀河旅行〕において〔プリオシン海岸〕と名づけました。その年代を示す学術用語が Pliocene であったからです。けれども晩年の先生は、イギリス海岸を〔修羅の渚〕と呼ぶのです。

尖れるくるみ、
巨獣のあの痕、
磐うちわたるわが影を、
濁りの水の
かすかに濯う
修羅の渚にわが立てる

✺文語詩　川しろじろとまじわりて　先駆形

この直前に〔きみ来ることの／よもなきを知り／なおうち惑う瞳かな〕とあったことも付しておきます。先生にとって、イギリス海岸は恋人との思い出の場所であったのです。

取材班　カムパネルラさんがお話しくださった〔恋人〕について、すこしさかのぼってご説明をしましょう。

一九二四（大正十三）年五月十八日、賢治さんは花巻農学校の生徒を引率して北海道へ修学旅行にでかけました。四月二十日に『春と修羅』を自費出版したばかりですから、さぞかし、晴れ晴れとしているかと思えば、さにあらず。

この初版『春と修羅』の刊行日とおなじ日付をもつ心象スケッチには、浮かれ気分など微塵もありません。険しい山稜をながめ、種馬検査所へ連れられてゆく馬たちを見送ったのち、つぎのようにしめくくられるのです。

しかもわたくしは
このかがやかな石竹《せきちく》いろの時候を
第何ばん目の辛酸《しんさん》の春に数えたらいいか

※春と修羅　第二集　七五　北上《きたかみ》山地の春

実はこの春、かつて心をよせ、たのしく語りあった人が渡米したのです。賢治さんと別れたのちに結婚した彼女は、おそらく二度と郷里にはもどらない覚悟のもと、夫とともに出発したのでした。

賢治さんはじっとしていられず、（恋人たちがかつて遊んだ）春の野原や谷間をあるきまわります。そうして、心のざわつきを抑えようと苦慮するのです。

祠の前のちしゃいろした草はらに
木影《こかげ》がまだらに降っている
……鳥はコバルト山に翔《か》け……
ちしゃのいろした草地のはてに
杉がもくもくならんでいる
……鳥はコバルト山に翔け……

✺春と修羅第二集　九〇　祠《ほこら》のまえのちしゃのいろした草原に

中原宙也さんの一寸法師《コボルト》説にしたがうなら、賢治さんのこの〔……コバルト山に翔け……〕のコバルトにも、小児や妖精がほのめかされているのでしょう。それを裏づける同時期のスケッチがあります。

一本の高い火の見はしごがあって
その片っ方の端《はし》が折れたので
赭髪《あかげ》の小さな goblin が
そこに座《すわ》ってやすんでいます

やすんでこころをながめています

✺春と修羅　第二集　九九　鉄道線路と国道が

〔赭髪〕に賢治さん指定のルビはありませんが、「あかげ」と読んでさしつかえないでしょう。こうした異形の者が意識のなかに入りこんでくるのは、それなりに「心のすき」があるからです。

そんな「すき」を抱えたまま、賢治さんは北海道へ向かいました。

ところでおなじくgoblin（kobold）への関心があった宙也さんが「この小児」を発表したのは一九三五（昭和十）年の『文學界』六月号でした。賢治さんが亡くなって二年後のことです。宙也さんは『宮沢賢治全集』のための広告のような一文「宮沢賢治全集刊行に際して」を書いたところでした。

さらに賢治さんと手紙での親交があった草野心平さんが創刊する第一次『歴程』の同人にもなっています。「この小児」はそのころ書かれた詩なのです。さらに「宮沢賢治の詩」という原稿も書いています。

宙也さんは、「人が書いたもの」をアレンジしてわが物とするのを得意とする詩人でした。悪意で云うのではありません。身のまわりのあらゆることへの〔接続〕こそが、宙也さんの詩なのです。『春と修羅』によって、宙也さんのコボルトがあらわれたのかもしれません。ちなみに、私生活での宙也さんは前年に長男が生まれ、詩集『山羊の歌』の刊行もはたし、公私ともに順調であったはずなのですが……。

翌年、長男が病死します。小児《コボルト》の出現が、禍《わざわい》の暗示となってしまったのです。「一つのメルヘン」を書いたのはその直後でした。苦難のなかでも詩作は充実していました。軸を削ぎ極限まで芯を尖らせた鉛筆の心境であったかもしれません。さらに「冬の長門峡」を発表し、あらたな境地を拓きます。しかしながら、長男の死から立ち直れず、療養生活にはいるのです。


……噂をされたら、でしゃばらずにはいられない。草野心平の尽力で『宮沢賢治全集』が文圃堂《ぶんぽどう》から出ることになり、第一回の配本が一九三四（昭和九）年の十月だった。これがどうしたわけか第三巻で、童話を収録したもの。ぼくは、当然ながら宮沢の『春と修羅』を愛読していたので、このときに依頼があった「宮沢賢治全集刊行に際して」も、彼の詩群を念頭において書いたんだ。

第二回配本は一九三五（昭和十）年七月で、第一巻。これが「春と修羅」の詩群だった。同年十月に第三巻が配本されて、これで全巻でそろう。むろん、宮沢が遺した膨大な原稿のごく一部だった。

草野心平によれば、彼が宮沢家で目にした原稿の半分にも満たなかったらしいが、無名の著者の遺稿であることを思えば、全集が出ることじたい前代未聞のできごとだ。その後、宮沢の作品を世間がどう受容したかは、後世のみなさんがご存じのとおり。

さてと、かたくるしい話はこれぐらいでやめにしますよ。ぼくがでしゃばったのは、もっと面白い話をするためだから。

（こちら、銀河通信速記取材班の松本です。まずはわたくしの説を最後までお話させてくださいませんか。そのほうがリスナーにもわかりやすくなるはずですので）

……よろしいでしょう。おさきにどうぞ。

（恐縮です）

北海道修学旅行の最終日、花巻農学校の一行は苫小牧に宿泊します。賢治さんは宿をぬけだし、夜の町をあるきます。〔風の夜を鳴っている〕ものの正体はあきらかでしたが、その〔黒い巨きな水〕はまだ砂丘にさえぎられていました。賢治さんの背後には〔パルプ工場の火照り〕に焦がされた雲があります。

月あかりに惑わされ、遠くにあるとおもわれた砂丘は、あんがい近くにありました。そこを越えれば海岸もすぐらしく、海鳴りが聞こえてくるのでした。

その〔巨きな海〕は彼《か》の人が向かったはるか遠くの大陸へとつづいているのです。砂丘の裾でうごめくのは……、月あかりを浴びてたわむれる一ぴきの牛でした。

海がごうごう湧いている
じつに向うにいま遠のいてかかるのは
まさしくさっきの黄いろな下弦の月だけれども
そこから展《ひら》く白い平らな斑縞《まだらじま》は
湧き立ち湧き立ち炎のようにくだけている
その恐ろしい迷いのいろの海なのだ
（……）
わたくしの胸をおどろかし
わたくしの上着をずたずたに裂き
すべてのはかないのぞみを洗い
それら巨大な波の壁や
沸きたつ瀝青《れきせい》と鉛のなかに
やりどころないさびしさをとれ

✺春と修羅　第二集　異稿　海鳴り

海の咆哮《ほうこう》にまぎれて、賢治さんも荒《すさ》ぶ心をさらけだしました。それでいくらか慰められ、少しずつ心を鎮《しず》めます。すると、砂丘のなだらかな起伏にべつの幻想をみとめるのです。

……砂丘のなつかしさとやわらかさ
まるでそれはひとりの処女のようだ……

❁春と修羅　第二集　異稿　海鳴り

このスケッチはのちに、月あかりのもとで牛が遊ぶ場面をフォーカスした作品となります。海鳴りも火照りも処女も、スケッチ帖のひだのなかへ、しまいこまれるのです。しかし、旅先の旅情によってもたらされた彼《か》の女《ひと》へのなつかしさは断ち切りがたく、賢治さんを惑わせます。

ビクトリア朝の英国では、博物熱が高じて書斎に小さな硝子函《ガラスばこ》をおき、庭や水族館をしたてたものですが、賢治さんも所有欲にあらがえず、心の書斎に硝子の標本をかざるのでした。

うす日の底の三稜島《さんりようとう》は
樹《き》でいっぱいに飾られる
パリスグリンの色丹松《しこたんまつ》や

緑礬《りよくばん》いろのとどまつねずこ
また水際には新たな銅で被われた
巨《おお》きな枯れたいたやもあって
風のながれとねむりによって
みなさわやかに酸化されまた還元される
　それは地球の気層の奥の
　ひとつの硅化園《シリカガーデン》である

✺春と修羅　異稿　島祠

三稜島とはつまり、卓上の三角プリズムで、そこを通りぬけた光が緑の淡いひろがりとなってまとわりついているのでした。その函のなかは水銀で満たされて、〔たくさんのかがやかな鉄針〕でながめる人の目をくらませます。なぜか殺虫剤を連想させるパリスグリンだの水銀だの鉄針だのと危険物ばかりをならべたてる賢治さんは、たしかに絶望していました。遠く旅立った人と、二度と逢えないことを哀しんでのことでした。

　そこが島でもなかったとき
　そこが陸でもなかったとき

鱗をつけたやさしい妻と
かつてあすこにわたくしは居た

✺春と修羅　異稿　島祠

北海道修学旅行から花巻へもどったその足で、賢治先生は彼女との思い出の地である毘沙門《びしやもん》堂《どう》を訪ねました。〔巨きな海〕によって惑わされた心を鎮めるには、そうせずにはいられなかったのです。さらに、いくつもの峠を越えてあるきまわるのです。

木の芽《め》が油緑《ゆりよく》や喪神青《そうしんせい》にほころび
あちこち四角な山畑には
桐《きり》が睡《ねむ》たく咲きだせば
こどもをせおったかみさんたちが
毘沙門天《びしやもんてん》にたてまつる
赤や黄いろの幡《はた》をもち
きみかげそうの空谷や
ただれたように鳥のなく
いくつもの緩《ゆる》い峠《とうげ》を越《こ》える

✺春と修羅　第二集　一三九　夏

〔きみかげそう〕とは鈴蘭《すずらん》のことです。初夏に鈴のような白い花を咲かせるこの花は、野原や谷をあるきまわり寸劇を気どって語りあうことが〔逢いびき〕だった若いふたりの瞼《まぶた》にしまいこまれた花なのです。

賢治さんにとって〔きみかげそう〕をスケッチすることは、彼女の面影を記すことにひとしかったのです。

……記者さんの探偵ぶりもなかなか鋭いことは認めましょう。だが、宮沢の無名時代を知るぼくらとちがい、後年の人たちには「著名作家」となった男への遠慮があるようだ。このあたりで、割りこみをさせてもらうとしよう。ようするに、あの男の邪《よこしま》な面や情念を語るには、ぼくのように先走る直感が必要だということなんだ。わかりやすく云うならば、面と向かって口にすべきでないことまでも口にする厚かましさ、だ。

毘沙門堂の市日といえば、われわれはまっさきに〔冬と銀河ステーション〕を思いだす。あれは宮沢とわかれた例の女が、家族のすすめる縁談にしたがって嫁いだ先の土地神だ。

宮沢は祭日のにぎわいにまぎれて、彼女の新居をたしかめに行った。ついでに、彼女の姿を見つけられれば幸いと、かんがえたにちがいない。で、実際に彼女を目撃する。

茶いろの瞳《ひとみ》をりんと張り
つめたく青らむ天椀《てんわん》の下
うららかな雪の台地を急ぐもの

春と修羅　冬と銀河ステーション

〔茶いろの瞳〕について説明はいらないと思うが、うっかり読み逃している人もあろうから、一応説明しておこう。〔銀河鉄道の夜〕で、家庭教師の青年とともに途中から乗りこんでくる姉弟《きょうだい》の姉のほうは〔十二ばかりの眼の茶いろな可愛《かあい》らしい女の子〕だ。彼女はカムパネルラのとなりの席にこしかける。ふたりはひな人形のようにお似あいじゃないか。

それはともかく、ぼくが云いたいのは宮沢はかなり執念深い男だってことなんだ。自分とわかれて半年もたたないうちに、女はべつの男と結婚し、新居をかまえた。あの時代の親御さんたちが、暴走しそうだったわが娘《こ》を無難なところへ片づけるのを急いだことは責められない。

本来なら、宮沢もさっさと女房をもらえばよかったんだ。云うまでもなく、結婚と恋愛はべツモノだろう？　しかし、ここではその議論はしない。

宮沢の話にもどる。別れた女が嫁いださきを祭日のにぎわいにまぎれてこっそり訪れてみれば、女は早くもかいがいしい新妻ぶりで、宮沢のまえを（気づかないふり）をして通りすぎていった。

にもかかわらず、その後も宮沢がこの地をたびたび訪れたことは、先ほどからお伝えしているとおり。それについての詳細な検証はべつの機会にゆずるとして、ここでは北海道修学旅行の帰り路に、宮沢が抱いていた妄想をお伝えしよう。

室蘭を夕刻に発った汽船は、翌朝四時すぎに青森港に到着した。宮沢は夜明けまえから船首マストの上にいた。そこから日の出を拝むつもりだった。

水は鴇《とき》いろの絹になる
東は燃え出し
その灼《や》けた鋼粉の雲の中から
きよめられてあたらしいねがいが湧《わ》く
それはある形をした巻層雲《けんそううん》だ
……島は鶏頭《けいとう》の花に変り
　水は朝の審判を受ける……
港は近く水は鉛になっている
わたくしはあたらしく marriage を終えた海に
いまいちどわたくしのたましいを投げ

わたくしのまことをちかい
三十名のわたくしの生徒たちと
けさはやく汽車に乗ろうとする

◎補遺詩篇　船首マストの上に来て

なんと宮沢は夜明けの海に〔たましいを投げ〕たと云っている。するとこのときの彼は「もぬけ」であったのか！　鶏頭の花のように見える島があるかと、ぼくは下北半島の地図をひろげ、鯛島《たいじま》なる島をみつけた。横からのながめが鯛に似ているのでその名がついた島だ。ならば、鰭《ひれ》や尾鰭《おひれ》が鶏のトサカに見えたとしても不思議はない。

〔marriage を終えた海〕とは、宮沢にしてはロマンティックが過ぎる云いようではあるが——あるいは、月を裏切って太陽と契ったのだと、自身の体験をふまえて告発したつもりかもしれない。〔水は朝の審判を受ける……〕とも記しているから、海（女）に罪があると思っているのだ。

ともあれ、この夜明けの景色はそれほどに荘厳だった。〔ある形をした巻層雲〕などとほのめかす宮沢の見たものが何であったか、ぼくにはわかる。時間ってものを考えるのに適した宗教にとっての象徴だからね。

カムパネルラがいま語っている——記者とぼくとでさんざん割りこんで、聴き手を退屈させているのではあるが――この章のタイトルは〔北十字とプリオシン海岸〕だ。

少年たちが白い露台のような岩の渚で炭化したくるみの実をひろうメルヘンな場面が語られるはずのところを、すっかりかきまわしている無礼は詫びるとして、要するに宮沢が目にした〔ある形〕とは、巻層雲の特性でもある光の環がハロをつくり、それが日の出という時刻とちょうどかさなって十字架があらわれるという、あの現象だ。

宮沢は船の甲板からあれを見たんだ。ハロってのは自分だけが目撃したと思えるほど局所的に発生するものだからね。むろん、北十字といえば真っ先に星座のはくちょう座を思いうかべるものだが、宮沢は身の回りのさまざまな「十字」のコレクターでもあった。

十三日のけぶった月のあかりには
十字になった白い暈《かさ》さえあらわれて
空も魚の眼球《めだま》に変り
いずれあんまり碌《ろく》でもないことが
いくらもいくらも起ってくる

◉春と修羅　第二集　三一七　善鬼呪禁《じゅごん》

宮沢にとって、十字はかならずしも瑞兆《ずいちょう》ではない。むしろ、不吉なのかもしれないが、それは彼の身に起こっている呪わしい状況――悔いと恨めしさのまじりあったやるせなさ――の反映でもある。

どうだ、これで〔北十字とプリオシン海岸〕が、ストンと腑に落ちるだろう。

〔技師より、通信回復の連絡がありました〕

賢治先生にとって、ぼくとジョバンニは、卓上鉄道や時計店のショーウインドウのなかに棲《す》んでいる小さな妖精のようなものだったのかもしれません。これはぼくの推測ですが、賢治先生は東京の銀座にある、あのよく知られた時計店のショーウインドウをモデルにして、ジョバンニが立ち寄った町の時計店を造形したのだと思います。

小さくなった子どもがそのミニチュアの町のなかを走る姿を、賢治先生は目にしたのでしょう。

たぶん先生は妖精の魔法によってからだを小さくされた少年ニルスのことを知っていました。ニルスはその魔法を解いてもらうため、鵞鳥《がちょう》の背にのって旅にでる少年です。雁《がん》の群れにまじり、北の果てにある〈妖精の国〉ラップランドを目指すのです。妖精はそこへ向かったのでした。

賢治先生の〔銀河旅行〕では、鳥の背に乗るかわりに汽車になりました。先生が乗り物好きであったからです。また、小さな妖精は賢治先生が好んで登場させる〔巨きなまっ白なすあし〕をした人たちとの対比でもありました。

どうしてもどうしてもさびしくてたまらないときは
ひとはみんなきっと斯《こ》ういうことになる
きみたちときょうあうことができたので
わたくしはこの巨きな旅のなかの一つづりから
血みどろになって遁《に》げなくてもいいのです

✺春と修羅　小岩井農場　パート九

これは小岩井農場をあるく賢治先生のスケッチです。〔きみたち〕と呼びかけられているのは、〔巨《おお》きなまっ白なすあし〕をしたユリアとペムペルです。

彼らは、人の子どもの姿をしているのでしょうか。ぼくにはどうもそう思えません。人の子どもならば〔巨《おお》きな〕すあしをしているはずはないからです。

ユリアはジュラ紀の、ペムペルはペルム紀をその名の由来としています。いずれも恐竜たちが繁栄した時代です。

だからといって、賢治先生が〔わたくしの遠いともだちよ〕と呼びかけるユリアとペムペルが竜の姿をしているときめつけるのも乱暴ですが、恐竜もまたひろい意味でのドラゴンならば、竜好きの賢治先生にとっては親しみのある存在であったにちがいありません。

どんなにわたくしはきみたちの昔の足あとを
白堊《はくあ》系の頁岩《けつがん》の古い海岸にもとめただろう

春と修羅　小岩井農場　パート九

〔巨きな〕すあしの友だちを求める賢治先生は、〔プリオシン海岸〕の大学士にその想いを託します。川上の〔白い岩が、まるで運動場のように平らに〕なったところで〔小さな五六人の人かげが、何か掘り出すか埋めるかして〕いました。なかに学者風の人がいてほかの助手らしい人たちに指図しているのです。〔見ると、その白い柔らかな岩の中から、大きな大きな青じろい獣《けもの》の骨が、横に倒れて潰《つぶ》れたという風になって、半分以上掘り出されていました〕。

大学士たちは牛の先祖の、蹄《ひづめ》のある動物の骨を発掘しているのでした。これは、賢治先生が花巻農学校の生徒たちとの実習のさい〔イギリス海岸〕で動物の足跡の化石を発見したことにもとづく空想です。賢治先生はそれを〔偶蹄類〕と推測しました。

（午后《ごご》イギリス海岸に於《お》いて第三紀偶蹄《ぐうてい》類の足跡《そくせき》標本を採収すべきにより希望者は参加すべし。）

✺初期作品　イギリス海岸

この指示どおりに、先生と生徒たちは標本を採集します。〔足あとはもう四つまで完全にとられた〕のでしたが、その後、標本がどうなったのかはわかりません。先生がバタグルミの化石を発見したときに、東北大学で地質・古生物学を教えていた早坂博士が現地を訪れています。この早坂博士がのちの随筆で当時を回想し〔鹿の足跡と思われるくぼみが点在していた〕と記していらっしゃいます。賢治先生が「イギリス海岸」に書きとめているよりも小さな化石だったようです。

そんなふうですから、恐竜の骨にいたっては、まだひとつも見つかっていませんでした。

取材班　賢治さんがもとめてやまなかった「巨きな足あと」の主たち（恐竜）の骨が日本で発見されたのは、賢治さんの没後五十年あまりたった一九八五年（群馬県神流町《かんなまち》）のことです。

ところで、賢治さんが『春と修羅』の「序」でつぎのように記していることも、わたくしは添えておきたいと思います。

おそらくこれから二千年もたったころは
それ相当のちがった地質学が流用され
相当した証拠《しょうこ》もまた次次過去から現出し
みんなは二千年ぐらい前には
青ぞらいっぱいの無色な孔雀《くじゃく》が居たとおもい
新進の大学士たちは気圏《きけん》のいちばんの上層
きらびやかな氷窒素《ひょうちっそ》のあたりから
すてきな化石を発掘したり
あるいは白亜紀《はくあき》砂岩の層面に
透明《とうめい》な人類の巨大な足跡《あしあと》を
発見するかもしれません

8 鳥を捕る人

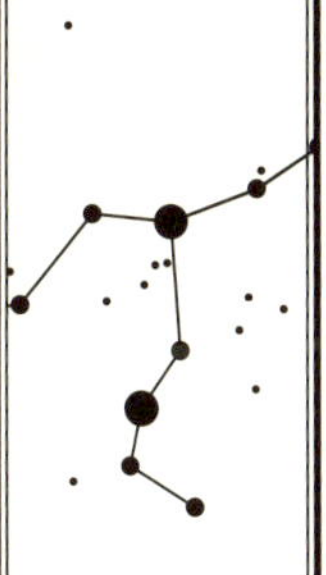

鳥捕りは二十疋《ぴき》ばかり、袋に入れてしまうと、急に両手をあげて、兵隊が鉄砲玉《てっぽうだま》にあたって、死ぬときのような形をしました。と思ったら、もうそこに鳥捕りの形はなくなって、却《かえ》って、「ああせいせいした。どうもからだに恰度《ちょうど》合うほど稼《かせ》いでいるくらい、いいことはありませんな。」というききおぼえのある声が、ジョバンニの隣りにしました。見ると鳥捕りは、もうそこでとってきた鷺を、きちんとそろえて、一つずつ重ね直しているのでした。

◎童話　銀河鉄道の夜　八、鳥を捕る人

賢治先生の描く鳥は、魂を運ぶ存在でした。ふだんは天上界に棲んで、かなたへ運ぶべき魂をみつけたときに地上へ降りてくるのです。

実のところ、野鳥の観察という点ならば先生はあまり鳥類にくわしくありません。植物ほどには学名が出てこないことからも、それははっきりしています。だいいち先生は、しばしば鳥の名前をまちがえます。

たとえば、童話「鳥をとるやなぎ」では、ムクドリのことを百舌《もず》と書いています。

（……）向こうの楊《やなぎ》の木から、まるでまるで百疋《ぴき》ばかりの百舌《もず》が、一ぺんに飛び立って、一かたまりになって北の方へかけて行くのです。その塊《かたまり》は波のようにゆれて、ぎらぎらする雲の下を行きましたが、俄《にわ》かに向こうの五本目の大きな楊の上まで行くと、本当に磁石に吸い込まれたように、一ぺんにその中に落ち込みました。みんなその梢《こずえ》の中に入ってしばらくがあがあがあがあ鳴いていましたが、まもなくしいんとなってしまいました。

◎童話　鳥をとるやなぎ

ぼくはスケッチをしながら野鳥の観察をするのでわかるのですが、モズというのは単独行動の鳥です。漢字で百舌と書くのはほかの鳥の鳴き声を真似るのが得意だからです。高い木のてっぺん（ソングスポットといいます）でさまざまな鳥の声に似せてさえずります。聴衆は百舌の雌たちです。つまり繁殖行動なのです。彼女たちは歌のうまいパートナーを求めます。高らかに長々と歌を聴かせることができるのは、それだけひろくて安全ななわばりを確保しているからなのです。

〔百疋〕もの群をなして、塊になって空を飛び、群ごと楊の木に飛びこんでゆくような鳥はムクドリです。「鳥をとるやなぎ」は〔尋常《じんじょう》四年の二学期のはじめ頃《ごろ》だったと思います〕とありますから、秋のはじめです。ムクドリたちが大集団になる季節なのです。日暮れまえに集団で空を飛び、そのまま塒《ねぐら》となる樹木のなかへ飛びこみます。猛禽《もうきん》などの外敵から身をまもるためには、それが有効なのです。

〔があがあがあがあ〕鳴くのもムクドリです。モズでしたら、その周辺でいちばんの歌い手を真似てみせるでしょう。猛禽とも単独で闘います。モズは体長二十センチ（尾羽をふくむ）というからだの大きさのわりには剛の者で肉食です。カエルやトカゲのほか、スズメやシジュウカラなどの小鳥も捕食します。

賢治先生にとって、地上の鳥はそれほど重要ではありません。先生が熱心にスケッチするのは、林や野原にいるホンモノの鳥ではなく比喩や幻想としての鳥たちです。化《ばけ》の鳥にもなります。

九百二十六年の
桃の花よりやや過ぎて
その玢岩の渓谷に
化の鳥一羽渡り来ぬ
鳥は黄いろの膨らみて
膠朧質のピンクの春に

かがやくこしょうさてはまた
ガラスの点をふりまきて

◎文語詩未定稿　異稿　田園迷信　先駆形A

これは現代のかたならばすぐにおわかりでしょう。黄砂の比喩なのです。先生のメタモルフォーゼは変幻自在。自然現象ばかりか、大気汚染までがとりこまれ、ロマネスクにもなりファンタスティックにもなるのです。

そのとき青い燐光《りんこう》の菓子《かし》でこしらえた雁《かり》は
西にかかって居りましたし
みちはくさぼといっしょにけむり
友だちのたばこのけむりもながれました
わたくしは遠い停車場の一れつのあかりをのぞみ
それが一つの巨《おお》きな建物のように見えますことから
その建物の舎監《しゃかん》になろうと云《い》いました
そしてまもなくこの学校がたち
わたくしはそのがらんとした巨きな寄宿舎の

　舎監に任命されました

✺詩ノート　一〇五七　古びた水いろの薄明穹《はくめいきゅう》のなかに

〔青い燐光の菓子でこしらえた雁〕は、プレヤデス星団（昴《すばる》）のことです。いくつ集まっているのかもわからないほどの星の集団を、群で飛来する渡り鳥になぞらえているのです。賢治先生は、牡牛座のもうひとつの星団であるヒヤデス星団とともに、これらの星々の群をしばしば好んで「雁」にたとえました。

　そのとき雲の信号は
　もう青白い春の
禁慾《きんよく》のそら高く掲《かか》げられていた
山はぼんやり
きっと四本杉《しほんすぎ》には
今夜は雁もおりてくる

✺春と修羅　雲の信号

この雁《かり》も、地上の渡り鳥の雁ではなくヒヤデス星団です。断言できるのには理由があります。

この詩には〔一九二二、五、一〇〕の日付があるのです。渡り鳥である雁は冬鳥として飛来するので、五月に〔降りてくる〕ことはありません。

ですから、この雁は星なのです。西の夜空へ沈んでゆく昴を雲の〈交通整理をする〉信号にたとえ、ヒヤデス星団を雲間の雁としました。

昴は肉眼で見えるのは六つほどですが、実際には四百をこえる星々が集団でかがやいており、それぞれが燐光を放つ星雲につつまれています。

賢治先生は天文学者のような目で〔青い燐光の菓子〕とスケッチしました。ここで先生がイメージしている菓子は雲から連想される綿あめであることはあきらかです。縁日の綿あめは電気で動く遠心分離器でつくりましたので、電気菓子とも呼ばれました。それが夜店のアセチレンランプの青白い光をあびれば、まさに〔青い燐光の菓子〕だったのです。

「銀河鉄道の夜」の鳥捕りが、手荷物のなかからとりだすお菓子の鳥は、夜店の綿あめが冷えてかたまったものだと思います。それにしてはずいぶんリアルに表現されています。鷺ならば〔三日月がたの白い瞑《つぶ》った眼〕だの〔頭の上の槍《やり》のような白い毛〕もちゃんとあるのです。なんだかもう標本のようです。生け捕りにした獲物を、すぐさま防腐処理するのとなにも変わるところがありません。ここで先生は、標本のために鳥たちをつかまえる行為を、暗に批判しているのです。

十九世紀末のビクトリア朝のイギリスでは、人々に余暇をたのしむゆとりが生まれ、水族館や博物館や植物園をつくることが流行しました。野望にみちた動植物のハンターたちは資本家が提供する遠征費をつかって世界中を探検し、その地の固有の動植物を採集したり、殺したりしました。

ルイス・キャロルは『不思議の国のアリス』のなかで、探検家の持ちこんだ外来の鼠や猫のために絶滅させられたドードーやニセ海がめのようなイキモノを登場させて、その狂騒ぶりを揶揄しています。

「首を切れ！」が口癖のハートの女王にさそわれ、アリスはクロッケーをしますが、その場面では生きたフラミンゴの槌《つち》と、ハリネズミのボールがつかわれるのです。珍獣は娯楽として世界中からあつめられ、都市でくらす資産家のもとへ運ばれれました。

賢治先生の「オツベルと象」は、そんな資本家たちにつかまり、各地で見世物になっている象がいることを告発しているのだと思います。

いっぽう、鳥捕りのような人たちは、娯楽でイキモノをとらえるわけではありません。それで暮らしを立てているのです。専業ではなく、農閑期の副業としている人が多くいました。捕った鳥を町からくる「鳥買い」に売るほか、その場で食べたり保存食にしたりしました。貴重なたんぱく源だったのです。

「なめとこ山の熊」の小十郎は、熊をとらなければ家族が米を口にできない身の上でした。殺したくて熊を殺すのではありません。そんな苦しみを描いた賢治先生ですから、鳥捕りも悪者としては描いていません。風変りであるだけです。けれども、ジョバンニやぼくのような子どもは、ためらわずに鳥の羽をむしるような人を野蛮だと感じ、警戒してしまうのです。そうはいっても、みんな鶏を焼いて食べるではないか、と賢治先生は指摘しているのです。チョコレートのようだというのは、旨味があっておいしい、というのとおなじです。捕る人がいれば、それを買う商人もいる。その商人から鳥を買い、〔羽をむしるのは人に頼んで〕、焼いて食べるだけの人もいます。その人たちは、それこそチョコレートのように骨から肉を剝がして食べるのです。

鳥捕りは、黄いろな雁の足を、軽くひっぱりました。するとそれは、チョコレートででもできているように、すっときれいにはなれました。

⁂童話 銀河鉄道の夜 八、鳥を捕る人

〔黄と青じろとまだらになって、なにかのあかりのようにひかる〕この雁は、マガンだと思います。雁という字は「がん」とも「かり」とも読みます。先生はルビをつけていません。ぼくは象徴としての雁は、「かり」と読むことにしています。童話「雁の童子」もその例のひとつです。狩猟の標的になるすべての渡り鳥にささげられているのです。賢治先生はここでもまた、狩人と鳥たちのそれぞれの立場を描こうとしました。

六発の弾丸が六疋《ぴき》の雁《かり》を傷《きず》つけまして、一ばんしまいの小さな一疋だけが、傷つかずに残っていたのでございます。燃え叫《さけ》ぶ六疋は、悶《もだ》えながら空を沈《しず》み、しまいの一疋は泣いて随《したが》い、それでも雁の正しい列は、決して乱れはいたしません。

✺童話 雁の童子

これはまさに秋の夕べの天をスケッチ帳に描いた絵のようです。〔六発の弾丸〕はムツボシとも呼ばれる昴《すばる》を散弾銃にたとえています。〔六疋の雁〕は、昴につづいて沈むヒヤデス星団です。牡牛座の頭の部分に雁が飛ぶように＞をつくってならぶ星たちです。渡りの季節には、狩猟も解禁されます。鉄砲を撃ちこまれなかった〔小さな一疋〕が雁の童子です。この子は天の眷属《けんぞく》なのですが、地上で育てられます。あるとき、〔町はずれの砂の中から〕廃寺の跡がみつかります。〔一つの壁《かべ》がまだそのままで見附《みつ》けられ、そこには三人の童子が描《えが》かれ〕ていました。ぼくのこれまでの話に注意深く耳をかたむけてくださったかたは、これがオリオン座のことであるとすぐに気づいたでしょう。

……それそれ。宮沢は星の話を口説き文句にもつかっていた。やつの初期作品に「ラジュウムの雁」という短篇がある。原稿の題名の下に、鉛筆で「大正八年五月」と書いているから、高等農林の研究生として地質調査をしていたころだ。

留学をひかえた友人が別れのあいさつに訪ねてきて、ふたりで散歩にでかける。その道は、学生時代になじんだ温泉街への通い路だ。

ふう、すばるがずうっと西に落ちた。ラジュウムの雁《かり》、化石させられた燐光《りんこう》の雁。

✺初期短篇 ラジュウムの雁

この雁もまた、野鳥の雁ではない。昴につづいて〔西へ落ちた〕のは、飛雁のかたちにならぶヒヤデス星団だ。宮沢はそれを温泉とむすびつけて「ラジュウムの雁」と呼んだ。花崗岩地帯ではラジウム泉をふくむ鉱泉が出たからだが、宮沢がわざわざこれをもちだしたのは、新しさがあったからだ。キューリー夫妻がラジウムを発見したのは一八九八年で、それから二十年あまりしかたっていない。宮沢にとって「新しさ」は何より重要だった。

恋人が雪の夜何べんも
黒いマントをかついで男のふうをして

わたくしをたずねてまいりました
そしてもう何もかもすぎてしまったのです
　ごらんなさい
　遊園地の電燈《とう》が
　天にのぼって行くのです
　のぼれない灯《ひ》が
　あすこでかなしく漂《ただよ》うのです

✺詩ノート　一〇五七　古びた水いろの薄明穹のなかに

宮沢は宿直にかこつけてこんなふうに、恋人と密会をした。やつも人並みに抜け目のない男だったんだ。女は大胆にも、男装してくる。ふたりは、そんな冒険もたのしんでいた。だが、それも恋の破局とともに昔話となりはてる。〔もう何もかもすぎてしまったのです〕

この詩ノートの作品には〔一九二七、五、七〕と日付がある。ぼくが小耳にはさんだ話によれば、宮沢とかつて交際していた女はこの一九二七年四月に渡米先で亡くなった。彼女の命をうばったのは、渡米まえから感染していた結核だという。

宮沢が情報通であるのは、だれもが認めるだろう。それでなくとも、つきまといをするような男は、鼻が利く。元恋人の訃報を、手にいれていたのはまちがいない。彼女の死は、自分もやがてそこへ赴くことを、あらためて宮沢に意識させた。トシさんが亡くなったころは、天上世界との通信を試みていた宮沢だが、もはやその必要もない。もう、天上行きの切符は手にいれたのだ。あとは、それにいつ鋏《ハサミ》をいれるか。それだけのこと。

はがねを鍛えるように新らしい時代は新らしい人間を鍛える
紺いろした山地の稜をも砕け
銀河をつかって発電所もつくれ

✺詩ノート　一〇五六　サキノハカという黒い花といっしょに

右の詩は〔サキノハカという黒い花といっしょに〕の書きだしではじまる。組合だの選挙だのと口実をつけては宴会をするやからを非難する内容だ。うっかりすれば世相批判のように読めるが、これはすでに旧世代に属する（葬られた）者からの、新世代へのエールでもあって、その意味では「遺書」なのだ。
〔銀河をつかって発電所もつくれ〕と遺言《ゆいごん》する。宮沢の同時代人には意味不明であったかもしれないが、現代人にその説明するまでもなかろう。まったく理系の男というのは、どうしてこうも未来が読めるのだ。

（通信障害がございましたが、記者の判断でそのままお聴きいただきました）

9 ジョバンニの切符

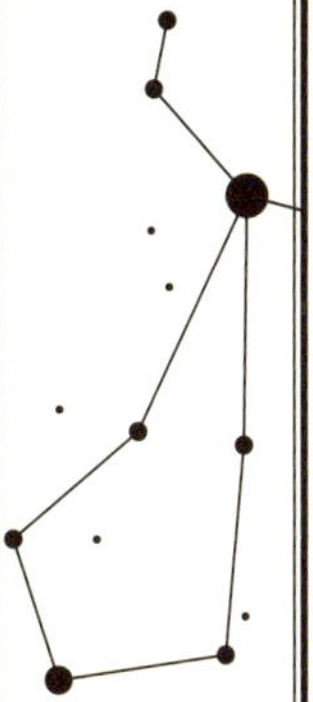

「切符を拝見いたします。」三人の席の横に、赤い帽子をかぶったせいの高い車掌が、いつかまっすぐに立っていて云いました。鳥捕りは、だまってかくしから、小さな紙きれを出しました。車掌はちょっと見て、すぐ眼をそらして、（あなた方のは？）というように、指をうごかしながら、手をジョバンニたちの方へ出しました。

「さあ、」ジョバンニは困って、もじもじしていましたら、カムパネルラは、わけもないという風で、小さな鼠《ねずみ》いろの切符を出しました。ジョバンニは、すっかりあわててしまって、もしか上着のポケットにでも、入っていたかとおもいながら、手を入れて見ましたら、何か大きな畳んだ紙きれにあたりました。こんなもの入っていたろうかと思って、急いで出してみましたら、それは四つに折ったはがきぐらいの大きさの緑いろの紙でした。

ぼくはここで、ジョバンニの切符について、すこしご説明しておこうと思います。銀河鉄道がアルビレオの観測所にさしかかったころでした。赤い帽子をかぶった車掌さんが切符の検札におとずれたのです。

そのとき、ぼくは〔小さな鼠いろの切符を出し〕たことになっています。ところが賢治先生がはじめに書いた原稿では、ぼくもまた切符をもっていなかったのです。

「さあ、」ジョバンニは困ってカムパネルラの眼を見ました。カムパネルラももじもじしてたしかに持っていないようでした。（ああ、事によったら僕が二人のを持っていたかも知れない。）と思いながらジョバンニが上着のかくしに手を入れて見ましたら、何か大きな畳んだ紙きれにあたりました。

✺銀河鉄道の夜　初期形二

それは〔ほんとうの天上へさえ行ける切符〕だったのです。しかも、初期形では、ぼくとジョバンニの両方にとって有効でした。けれども先生は初期形の最後の清書のときにかんがえなおします。

その結果、ぼくには〔小さな鼠いろの切符〕をあてがい、ジョバンニにだけ〔はがきくらいの大きさの緑いろの紙〕を持たせたのです。

その差が生まれる理由もまた、ケンタウル祭の夜のぼくの過ちにたいする代償なのだと思いました。

鳥捕りがのぞきこんで〔こいつは大したもんですぜ。〕と云いましたが、ぼくもジョバンニも、それがどれほど〔大した〕ことなのか、実はよくわかりませんでした。

緑いろの紙といえば、賢治先生もかつて〔みどりいろの通信〕を受けとりました。

わたくしは森やのはらのこいびと
蘆《よし》のあいだをがさがさ行けば
つつましく折られたみどりいろの通信は
いつかぽけっとにはいっているし
はやしのくらいとこをあるいていると
三日月《みかづき》がたのくちびるのあとで
肱《ひじ》やずぼんがいっぱいになる

✺春と修羅　一本木野

思いがけず〔ぽけっと〕にまぎれていた〔みどりいろの通信〕――この場合、ふつうにかんがえれば草の葉――が、偶然にも手紙のように折りたたまれていたことに、賢治先生は強い印象を受けたのです。それは、届くはずのない〔不可思議な方角〕からの手紙にもひとしいものでした。

ぼくはこの〔みどりいろの通信〕を蝶ではないかと思っています。賢治先生はこの心象スケッチに（一九二三、一〇、二八）と日付をいれています。十月といえば、多くの蝶は越冬をはじめる季節ですので、ぼくの説には無理があるかもしれませんが、まれにミドリシジミの雄などは、十月くらいまで生き残りがいるそうです。あるいは、夏のあいだに採集してグラシン紙に折りたたみ、それを上着かズボンの〔ぽけっと〕にいれたのを先生はうっかり忘れ、秋になって発見したのかもしれません。

ミドリシジミの幼虫はハンノキの葉を食べて育ちます。若葉をつづってそのなかに隠れる習性もあり、それが〔みどりいろの通信〕になる可能性は大です。

取材班　この日、賢治さんが歩きまわった一本木野は、岩手山の山麓にあります。牧草地と演習林ばかりで道らしき道はありません。賢治さんは地質学の専門家として、つねに方位磁石と地図をたずさえていたと思われがちですが、じつはそうでもないのです。さも道になれたふうをよそおっていつつ、しばしば道に迷うのです。

方角を見ようといくつも黄いろな丘にのぼったり
まちがって防火線をまわったり
がさがさがさがさ
まっ赤に枯れた柏の下や
わらびの葉だのすずらんの実だの
陰気な泥炭地をかけ抜けたり

◉春と修羅　第二集　異稿　三二九　母に云う

これは〔野馬がかってにこさえたみちと〕の先駆形で、一九二四（大正十三）年十月二十六日の日付があります。人が歩く道もけもの道もおなじに見えます。賢治さんはすっかり道に迷ってしまい、
〔さっぱり見当がつかないので／もうやけくそに停車場はいったいどっちだと叫び〕ました。すると、栗の木ばやしのなかから若い牧夫が飛んできて、詳しく道を教えてくれるのです。おかげで、賢治さんはようやく家路につくことができました。朝から歩きはじめ、帰りついたと

きには日が暮れていました。
さて、それで〔母に云う〕のです。〔昼めしをまだたべません／どうか味噌漬けをだしてごはんをたべさしてください〕
賢治さんは、こんなふうに母のイチさんに甘えていたのですね。ひきつづきカムパネルラさんのお話をどうぞ。

ジョバンニの切符は、一本木野の〔みどりいろの通信〕がさらに呪力をまして登場したものです。それは異世界への通行証となりました。賢治先生は科学者であると同時に、幻想的な空間を漂流する人でもありました。

亡くなった人々の魂は、かつては羽虫や鳥によって天上へ運ばれ、それが時代とともに変化して船や馬車になります。賢治先生はさらに近代的な乗りものである汽車に魂を乗せてみせたのです。なぜなら、それは当時のもっとも高速な移動手段であったからです。

賢治先生のことですから、ひそかにケンタウルス座のα星であるアルファ・ケンタウリまで汽車で旅をしたらどのくらいかかるか、計算をしてみたかもしれません。このアルファ・ケンタウリは賢治先生の時代には肉眼で見えるもっとも近い一等星として知られていました。その距離は四・三一光年です。と云われても、ピンとこないかたがほとんどでしょう。

一光年とは光が一年間に進む距離のことです。太陽をめぐる惑星をふくめた全体を太陽系と呼びますが、この広がりが、おおよそ一光年です。ちなみに、銀河系の太陽までの距離は平均一億四九五四万キロメートルで、賢治先生の時代の汽車の時速は平均して四〇キロか五〇キロくらいでした。ご興味のあるかたはどうぞ計算なさってみてください。ぼくはやめておきます。

賢治先生が描く汽車の場面では、必ずと云ってもよいほどに苹果《りんご》が登場します。それは、おそらくある季節の日常が、そのまま先生の心象にスケッチされているからです。初期作品のなかに〔氷と後光〕という習作があります。

雪と月あかりの中を、汽車はいっしんに走っていました。

赤い天鵞絨《びろうど》の頭巾《ずきん》をかぶったちいさな子が、毛布《けっと》につつまれて窓の下の飴《あめ》色の壁《かべ》に上手《じょうず》にたてかけられ、まるで寝床《ねどこ》に居るように、足をこっちにのばしてすやすやと睡《ねむ》っています。

窓のガラスはすきとおり、外はがらんとして青く明るく見えました。

「まだ十八時間あるよ。」

「ええ。」

若いお父さんは、その青白い時計をチョッキのポケットにはさんで靴《くつ》をかたっと鳴らしました。

若いお母さんはまだこどもを見ていました。こどもの頰《ほお》は苹果《りんご》のようにかがやき、苹果のにおいは室《へや》いっぱいでした。その匂《にお》いは、けれども、あちこちの網棚《あみだな》の上のほんとうの苹果から出ていたのです。実に苹果の蒸気が室いっぱいでした。

「ここどこでしょう。」

「もう岩手県だよ。」

❋習作　氷と後光

若い夫婦の会話から、この汽車が東北本線の上り列車で、上野に到着するにはまだ十八時間もあることがわかります。いまは岩手県内を走っているところです。始発駅は青森で、若夫婦もそこで乗車したのでしょう。おなじく上野へ向かう同乗の人たちの多くが、手土産か行商のためか、苹果をたずさえ、それを網棚に載せているのです。

賢治先生が折々の上京に利用するのも東北本線でした。秋から冬にかけての苹果の季節ともなれば、青森発の上りの汽車の網棚は商売用や贈答用の苹果でいっぱいになり、七時間ほどかけて花巻にいたるころには、車室はすっかり苹果の匂いに満たされていたのでした。その心象スケッチは〔銀河鉄道の夜〕にもつかわれました。

「何だか苹果《りんご》の匂《にお》いがする。僕いま苹果のこと考えたためだろうか。」カムパネルラが不思議そうにあたりを見まわしました。

「ほんとうに苹果の匂いだよ。それから野茨《のいばら》の匂いもする。」ジョバンニもそこらを見ましたがやっぱりそれは窓からでも入って来るらしいのでした。いま秋だから野茨の花の匂いのする筈《はず》はないとジョバンニは思いました。

✺童話　銀河鉄道の夜　九、ジョバンニの切符

もうじき〔鷲《わし》の停車場〕に着きます。気づけば鳥捕りの姿はなく、荷物も見えません。かわりにあたらしい乗客が乗ってきました。姉弟《きょうだい》とそのつき添いらしい青年の三人です。弟のほうは〔赤いジャケツのぼたんもかけずひどくびっくりしたような顔をしてがたがたふるえてはだしで立っていました〕。姉らしいほうは〔十二ばかりの眼の茶いろな可愛《かあい》らしい女の子〕で、〔黒い外套《がいとう》を着て青年の腕にすがって不思議そうに窓の外を見ているのでした〕。

賢治先生は彼らがどこから来たのかを、はっきりとは書きませんでした。けれども青年が〔氷山にぶっつかって船が沈みましてね〕と話していることから、おおよその見当はつきました。〔そのとき俄《にわ》かに大きな音がして私たちは水に落ちました。もう渦《うず》に入ったと思いながらしっかりこの人たちをだいてそれからぼうっとしたと思ったらもうここへ来ていたのです。〕

ぼくとジョバンニが窓側の席に向かいあってすわっていたことは、すでにご説明したとおりです。青年は通路の向こうがわの席に、姉弟はぼくとジョバンニの、それぞれのとなりにすわ

りました。姉のほうがぼくのとなりです。なぜなら、進行方向の席を弟にゆずってやったからです。

それで、ぼくが女の子の話し相手をすることになりました。話題はすべて、銀河鉄道の窓からみえる景色のことです。鳥、孔雀、とうもろこし畑、インディアン。それから、いるかやくじら、わたり鳥たち……。

ここで、「消えた海豚《いるか》」のお話をしておきましょう。初期形ではぼくと女の子が、海豚やくじらの話をする場面があります。

「まあ、おかしな魚だわ、何でしょうあれ。」

「海豚です。」カムパネルラがそっちを見ながら答えました。「海豚だなんてあたしはじめてだわ。けどここ海じゃないんでしょう。」「いるかは海に居るときまっていない。」あの不思議な低い声がまたどこからかしました。(……)「いるかお魚でしょうか。」女の子がカムパネルラにはなしかけました。(……)「いるか魚じゃありません。くじらと同じようなけだものです。」カムパネルラが答えました。

✺銀河鉄道の夜　初期形　二

後期形のジョバンニは、ぼくと女の子がかささぎや孔雀の話をするだけでいらだっていました。ところが、初期形ではさらに長々と海豚やくじらの話までしていたのです。賢治先生もさすがにくどいと思ったのか、ここを大幅に削りました。

ところでかささぎの場面で先生はまた少しいいかげんな鳥の描写をしています。女の子が「まあ、あの烏《からす》。」と云うのを、ぼくがややぞんざいに「からすでない。みんなかささぎだ。」と返す場面です（ここは、初対面の少女にたいする少年のありがちな態度を、ぼくも示したのでした）。とりなしに入った家庭教師の青年が

「かささぎですねえ、頭のうしろのとこに毛がぴんと延びてますから。」と云います。

かささぎはカラス科の鳥なので、女の子が〔烏〕と云ったのは必ずしもまちがいではありません。かささぎには織女《しょくじょ》と牽牛《けんぎゅう》のために天の川に橋を架ける鳥だとする伝説もあり、星祭の晩に登場するにはうってつけです。

けれども〔頭のうしろのとこに毛がぴんと延びて〕はいません。そのような冠羽《かんう》があるのは、サギ科のアオサギです。先生は、かささぎとあおさぎを混同しているのでした。

川は二つにわかれました。そのまっくらな島のまん中に高い高いやぐらが一つ組まれてその上に一人の寛《ゆる》い服を着て赤い帽子をかぶった男が立っていました。そして両手に赤と青の旗を

もってそらを見上げて信号しているのでした。

（……）

そのときあのやぐらの上のゆるい服の男は俄《にわ》かに赤い旗をあげて狂気のようにふりうごかしました。するとぴたっと鳥の群は通らなくなりそれと同時にぴしゃぁんという潰《つぶ》れたような音が川下の方で起こってそれからしばらくしいんとしました。と思ったらあの赤帽の信号手がまた青い旗をふって叫んでいたのです。

「いまこそわたれわたり鳥、いまこそわたれわたり鳥。」その声もはっきり聞こえました。それといっしょにまた幾万という鳥の群がそらをまっすぐにかけたのです。
◎童話　銀河鉄道の夜　九、ジョバンニの切符

この小鳥たちは、おそらく大群になって空を舞うツグミやアトリです。彼らは猟師にねらわれる存在です。といっても、雁や鶉《うずら》のように鉄砲で撃たれるのではありません。雑木のなかの南斜面にカスミ網が仕掛けてあるのです。

けれども、〔ぴしゃぁんという潰《つぶ》れたような音が川下の方で起こって〕という場面で連想するのは、投網《とあみ》です。そうです。ここは天の川であり、天の鏡に映りこんだ北上川です。猟師は小舟に乗って投網猟をしているのです。

川の中州の高いやぐらのうえならば、小舟の動きがわかるでしょう。信号手はそのやぐらに

のぼって、小鳥たちが安全にわたれるかどうかを確認しているのです。青い旗がふられ「いまこそわたれわたり鳥、いまこそわたれわたり鳥」と叫ぶ声がしました。その声をきいた幾万の鳥たちはまた〔そらをまっすぐにかけた〕のでした。

信号手のやぐらは、川がふたつにわかれて島になったところに建っていました。その島を、ぼくたちはいつしか俯瞰《ふかん》しているのです。汽車は〔だんだん川からはなれて崖《がけ》の上〕を通っていました。

そこは渓谷です。川面は谷底にあって見えません。そのかわりに、まるで木のように大きく育ったとうもろこしの畑が見えました。〔その葉はぐるぐるに縮れ、葉の下にはもう美しい緑いろの大きな苞《ほう》が赤い毛を吐いて真珠のような実もちらっと見えたのでした。〕

汽車は〔小さな停車場にとまり〕ました。〔正面の青じろい時計はかっきり第二時を示し〕ています。そして〔遠くの遠くの野原のはてから、かすかなかすかな旋律が糸のように流れて来るのでした。〕

ジョバンニが顔を手でおおっているのがみえます。彼はぼくが女の子とばかり談《はな》すことが気にいらず、すねているのです。それはたぶん、この物語を紡ぐ賢治先生の心もちが影響したからです。先生はおとなですし、ふだんはおだやかな人柄なのですが、感情の起伏がはげしい人でもあるのです。からだのなかで静かに〔透明薔薇の火〕が燃えています。その火を、先生はうまく手なづけました。けれど、ときに暴れだすのをとめられないこともありました。それを〔修羅〕と呼んでいたのです。

悪態、罵倒、なんでもありです。

いかりのにがさまた青さ
四月の気層のひかりの底を
唾《つばき》し　はぎしりゆききする
おれはひとりの修羅なのだ

◎春と修羅　春と修羅《しゅら》　mental sketch modified

〔すきとおった硝子《ガラス》のような笛が鳴って〕汽車はまた静かに動きだしました。乗客のだれかが〔（……）この傾斜があるもんですから汽車は決して向こうからこっちへは来ないんです。そらもうだんだん早くなったでしょう。〕と話しているのが聞こえました。たしかに、汽車はどんどんくだっていました。

……汽車は決して向こうからこっちへは来ないんです。

この旅がどうして淋しく、哀しいのか、ぼくにもだんだんわかってきました。帰り道がないのです。乗客はみんな片道切符しかもっていません。ジョバンニをのぞいては。

取材班　この乗客の云う〈傾斜〉とは、まさに黄泉《よみ》の国と現世《うつしよ》の境にあるという黄泉比良坂《よもつひらさか》のことでしょう。「古事記」で語られるイザナギとイザナミの二神による国生みと神生みの物語は、みなさまもご存じであろうと思いますが、お若いリスナーのためにざっとおさらいしておきます。

二神は天つ神《あまつかみ》の命により水母《くらげ》のように漂うばかりの国をととのえ固めるのです。しだいに国の形がととのい、つぎつぎに神々も生まれます。ところが、女神のイザナミは火の神を生んだことによって亡くなります。男神のイザナギはそれを嘆き、女神を追って黄泉の国へゆきました。

女神がこもる殿《やかた》の入口には〈鎖し戸《とざしど》〉と呼ばれる戸があります。墓所をふさぐ石のことです。そのすきまから、男神は「現し国《うつしくに》に帰ってくれ」と話しかけるのでしたが、女神は「わたくしはすでに黄泉の国のかまどで煮炊きしたものを食べてしまいました」とこたえるのです。これは黄泉竈食《よもつへぐい》といって、もはや現し国へはもどれないことを意味するのです。

しかし女神は「黄泉神《よもつかみ》に相談してみましょう」と云い、「そのあいだは、わたくしの姿をごらんなさいますな」と男神につたえて奥へゆきました。それはあまりにも長い時間でした。男神は待ちきれず、髪に挿していた櫛の歯を折ってそこに火を灯《とも》し、鎖し戸のすきまにかざしました。

するとそこには、蛆虫《うじむし》にまみれた女神がよこたわっていたのです。驚いた男神は逃げ去りました。女神はそれを恨み、追手をさしむけます。男神は必死に逃げて、黄泉の国と現し国の境の坂のふもとへたどりつきます。

この坂を黄泉比良坂と呼ぶのです。男神はこの坂のふもとに実る桃を追手に投げつけて逃れました。こうして「桃の実」は邪気をはらう呪力をもつと語りつがれることになります。

銀河を走る汽車がくだっていた坂は、黄泉の国との境にある「黄泉比良坂」と思ってまちがいないでしょう。鋭敏なカムパネルラさんもそのことに気づいたのでした。ここは「戻り道」のない坂なのです。

賢治さんは銀河鉄道を魂の乗り物として描きました。通夜のあいだじゅう尽きることのないよう焚かれる長い線香の煙は、亡き人々にとってのみちしるべとして天上界へ立ちのぼってゆくのですが、賢治さんはその煙による「昇降機」を「鉄道」におきかえたのです。桃の実は苹果にかわりました。

男の子が〔まるでパイを喰《た》べるように〕喰べてしまった苹果の皮が〔くるくるコルク抜きのような形になって床へ落ちるまでの間にはすうっと、灰いろに光って蒸発してしまうのでした。〕とは、線香の煙が暗示されているのだと思います。

この場面は、現存原稿の第五十七葉末尾のあたりに書かれました。かなり手直しの多い部分です。なかでも、つぎの描写が後から添えられたことを、わたくしは強調しておきたいと思います。

二人はりんごを大切にポケットにしまいました。

※童話　銀河鉄道の夜　九、ジョバンニの切符

カムパネルラさんとジョバンニさんは、黄泉の国の苹果《たべもの》を口にしなかったのです。ひきつづきカムパネルラさんのお話をうかがいましょう。

賢治先生には、生涯どうしても忘れられない〈眼〉がありました。泪《なみだ》をたたえて、じっと先生のことを見つめる〈眼〉です。

こういうひそかな空気の沼を
板やわずかの漆喰《しっくい》から
正方体にこしらえあげて
ふたりだまって座《すわ》ったり
うすい緑茶をのんだりする

どうしてそういうやさしいことを
卑《いや》しむこともなかったのだ
……眼に象《かたど》って
かなしいあの眼に象って……

✺春と修羅　第二集　五一一　はつれて軋《きし》る手袋と

MEMO FLORAと表紙に先生自身の手で記されたノートがあります。花壇の設計図や植物の学名などが書きこまれたもので、羅須地人協会の時代に使われたと推定されています。

そのなかに〈"Terful eye"〉と名づけた図があります。

睫毛《まつげ》の部分には先端の尖った樹木が、目頭と目尻には涙に相当する円が、それぞれ描かれています。これにより、のちの時代の人たちから〈涙ぐむ眼〉と呼ばれることになります。その涙の円は水盤でした。

涙の池に浮かべるのにふさわしいと先生がかんがえた植物は、おそらく白い睡蓮であったでしょう。アンデルセンの『絵のない絵本』に魅了された先生にとって、白蓮は鳥の化身であり、月であり、忘れがたい女の人の姿であったのです。

ぼくの家にも睡蓮の水盤がありました。その花のようすは、まったく鳥のようなのです。蕾《つぼみ》がだんだんふくらみ、まもなく花が咲くころになりますと、それまで水のなかにもぐっていた茎が立ちあがり、朝日にむかって姿勢をただすのです。陽をあびて、花の目ざめにそなえるためです。ぼくは孵化《ふか》まじかの鳥の卵をみまもるような心持ちで、蕾をみつめました。孵化のちかい卵の殻が張りつめてみえるように、開花のちかい蕾も息をためこんでいるのです。それでも、なかなか咲きはじめません。夕方には「やすめ」の号令にしたがうかのように姿勢をくずして葉のうえに横たわります。まるで枕に首をあずけて眠るようです。だから、睡る蓮と呼ぶのだな、と納得しました。

翌朝はまた頭をもたげます。花の咲きはじめは、あっけないくらいそそくさと訪れます。けれどもそこから花がひらききるまではずいぶん時間がかかります。羽のような白い花びらのなかに黄金の冠がみえて、もうまるっきりアンデルセン童話のように、これは「呪い」によって白鳥の姿にされてしまった王子か姫なのだ、と思えてくるのです。

午后おそく花は閉じて首をうなだれます。夕方には、円い水枕に頭をあずけ、そのまま水のなかへ沈んでしまいます。翌日はふたたび水のなかからあらわれて、まえの日よりも大きくひらきます。けれども夕方沈むときはもう、ぐったりとしています。水枕に頭を横たえる姿も病人のようで頭巾《ずきん》(がく片)のいろも黒ずんでしまうのです。そうして水のなかへ、こんどは永遠に沈んでしまいます。けれども、いれかわりにあたらしい蕾がのびてくるのです。

古代のエジプトでは睡蓮から生まれた聖甲虫《ケプリ》が少年に変身し、それがのちの太陽神ラーとなったという「書」が遺されているそうです。そういえば、ミイラを納める棺《ひつぎ》は甲虫の翅《はね》を重ねたかたちになんとよく似ていることでしょう。
ぼくは「銀河鉄道」の車室のなかで黒い甲虫をみつけたとき、「ああ、あれは太陽神の夜の姿なのかもしれない」と思ったものです。電燈に照らされた影や孔は、ことさら大きく見え、怖いようでした。

カムパネルラは、車室の天井を、あちこち見ていました。その一つのあかりに黒い甲虫《かぶとむし》がとまってその影が大きく天井にうつっていたのです。

❋童話　銀河鉄道の夜　八、鳥を捕る人

……それはもちろん、宮沢の演出だ。カムパネルラの身に起こった凶事をほのめかしておきたかったんだよ。なぜならばだ、宮沢は最初〔黒い瞳は、十二の一列の小さな電燈を一つずつ走り、〕とインクで書いたのを線で消して、〔一つのあかりに黒い甲虫がとまって……〕としたんだからね。

（技術部より連絡。混線発生中）

宮沢が愛しい女《ひと》の〔かなしいあの眼に象って〕例の設計図を書いたことは明白だ。〔はつれて軋る手袋と〕の異稿に〔……眼に象って／泪をたたえた眼にかたどって……〕とあるのだからね。

設計図の日付は記されていないが、ノートの使用期間に照らして、羅須地人協会をつくって二年目の春にちがいない。ならば、恋人であった女が異郷で亡くなった春じゃないか。宮沢は人づてにそのことを知り――つきまといをする輩《やから》は、地獄耳で千里眼と相場がきまっている――、この〈眼〉を形見としてノートに記した。

そら、ね、ごらん
むこうに霧《きり》にぬれている
蕈《きのこ》のかたちのちいさな林があるだろう
あすこのとこへ
わたしのかんがえが
ずいぶんはやく流れて行って
みんな
溶《と》け込《こ》んでいるのだよ
　ここいらはふきの花でいっぱいだ

✺春と修羅　林と思想

宮沢と彼女には、こんなふうに語りあって過ごした時間がある。段丘の縁《へり》や、町はずれのポプラ並木やお城の芝生で、べつに隠れるでもなく逢いびきをした。たまたまおなじ時刻に居あわせたような、そんなふりがうまかったのかもしれない。

おそらくは、ほんとうに時間などきめず、約束なしに、ただ場所だけをさだめていたんだろう。たがいの都合がちょうどよく重なったときだけ逢える。それこそ恩寵《おんちょう》だ。ふたりが待ちあわせ場所として選んだのは、城跡の坂道だった。坂というのは、そういう場所だ。つまり境の神が棲んでいるってことさ。

❋冬のスケッチ　二

銀のモナドを燃したまい
日輪《にちりん》そらに　かかります
早坂の黒すぎは
みだれごころをしずに立つ。

土地の人に早坂《はやさか》と呼ばれるそこは宮沢の職場からも、彼女が勤務していた小学校からもほどよい距離だった。〔イギリス海岸〕も近い。逢いびきには、うってつけじゃないか。

さきに紹介した〔そら、ね、ごらん〕の詩には（一九二二、六、四）の日付がある。北緯三十九度の花巻は花も草も萌ゆる時。若い二人の心もおのずと浮きたつ。西にペルセウス座が沈んでゆけば、宮沢の好きな白鳥座のデネヴや蠍座《さそりざ》のアンターレスがあらわれる季節だ。

そうして、もうひとつ、あの指輪のかたちをした星座がかがやく。ふつうには冠座とよばれて、それは王女アリアドネーが酒神《バッカス》から贈られる冠なのだが、ぼくなどには縁日で売っているニセ真珠のついた指輪にみえる。

学校の演劇に夢中になっていた宮沢は、彼女ともよく芝居じみた会話をたのしんだ。そら、こんな具合に。

（こっちのみちがいいじゃあないの）
（おかしな鳥があすこに居る！）
（どれだい）

　　　　　　✺春と修羅　第二集　一五八　北上川《きたかみがわ》は熒気《えいき》をながしィ

この〔おかしな鳥〕は翡翠《かわせみ》で、宮沢はミチアと名づけた。女はすぐさま〔何よ　ミチアって〕と自分の名前ではないことに、ちょっとした権幕で異議をとなえる。すると、まあまあ、と宮沢がなだめにかかり、翡翠の名前なのだと云い逃れた。

気のある女のまえで、わざわざほかの女の名前をだすのは、恋のかけひきの常套手段だ。劇の台本も書き、演出もこなした宮沢のことだから、自分が演じる芝居においても効果的な演出は心得ていただろう。

天上の指輪を指しながら、「ほら、あすこにある指輪をきみに進ぜよう」なんてことを云ったかもしれん。婚約成立。ことば遊びにすぎなくても、ふたりにはじゅうぶん納得のゆくことだった。

だが、〔何もかもすぎ〕た。だから（　）のなかで語られる。しかし、それを回想と云うなかれ。詩人にとって、この過去が実際にあったかどうかは問題じゃない。いま、それを過去と見なしただけのこと。


（通信が回復しました。カムパネルラさんのお話を再開します）

やがて銀河鉄道はサウザンクロスという駅につきました。あの姉弟《きょうだい》と、つきそいの青年はそこで降りました。

「じゃさよなら。」女の子がふりかえって二人に云いました。

「さよなら。」ジョバンニはまるで泣き出したいのをこらえて怒ったようにぶっきり棒に云いました。女の子はいかにもつらそうに眼を大きくしても一度こっちをふりかえってそれからあとはもうだまって出て行ってしまいました。

✺童話　銀河鉄道の夜　九、ジョバンニの切符

彼らだけではありません。〔汽車の中はもう半分以上も空いてしまい俄《にわ》かにがらんとしてさびしくなり風がいっぱいに吹き込みました。〕

硝子の笛が鳴らされて、汽車が動きだしました。そのとたん、銀いろの霧が流れこんできたのです。なにも見えなくなりました。ぼくは自分がどこにいるのかさえ、わかりませんでした。座席にすわっていたはずなのに、その感覚もありません。ながいような、みじかいような時間ののち、〔すうっと霧がはれかかりました。〕

どこかへ行く街道らしく小さな電燈の一列についた通りがありました。それはしばらく線路に沿って進んでいました。そして二人がそのあかしの前を通って行くときはその小さな豆いろの火はちょうど挨拶《あいさつ》でもするようにぽかっと消え二人が過ぎて行くときまた点《つ》くのでした。

✺童話　銀河鉄道の夜　九、ジョバンニの切符

このとき、ジョバンニとぼくは、ふたりそろって線路沿いの街道を歩いていたのです。肩越しにはサウザンクロス駅の十字架がもうよほど小さくなって〔そのまま胸にも吊《つる》されそうに〕なり、人々がひざまずいているのが見えました。

ジョバンニは〔また僕たち二人きりになったねえ、どこまでもどこまでも一緒に行こう。〕と話しかけてきます。〔僕たちしっかりやろうねえ。〕と。

彼は〔胸いっぱい新らしい力が湧《わ》くようにふうと息をしながら云いました〕。ところがぼくの反応は鈍く、ぼんやりしていました。あげくは、あの〔まっくらな孔〕を見つけてしまうのです。

「あ、あすこ石炭袋《せきたんぶくろ》だよ。そらの孔《あな》だよ。」カムパネルラが少しそっちを避けるようにしながら天の川のひとところを指さしました。ジョバンニはそっちを見てまるでぎくっとしてしまいました。天の川の一とこに大きなまっくらな孔がどおんとあいているのです。

❋童話　銀河鉄道の夜　九、ジョバンニの切符

星のない暗い闇を暗黒星と呼びますが、そのような暗い部分は宇宙空間に数多く存在します。二十一世紀のみなさまは、この真っ暗な闇こそ星の生まれる場所であるとご存じでしょう。

ところが、賢治先生が生きた時代には物理学の専門家でさえ、そこを暗黒の闇とみなして

〈天の孔《そら》〉と呼んだのでした。墓穴のようなイメージでとらえる人もいました。〔石炭袋〕のように十字架のもとに黒々とした闇があればなおさらです。

ジョバンニが〔ぎくっと〕したのも、お墓を連想したからです。おそらく、賢治先生もおなじでした。思えば、銀河鉄道の窓からのながめは、どれもこれも、ぼくたちが極楽と信じる場所の景色に似ていました。水晶や黄玉や金剛石がちりばめられた天蓋や、錦糸で縫いとられた領巾《ひれ》といったものは、斎場でよく目にしますし、棺を載せる馬も俥《くるま》も、そんなふうに飾ります。

ああ、そうです。鳥捕りは目を瞑《つぶ》った鳥たちを白いきれでくるくる包んでいたのです。あれはたぶん、骨箱を白い布で包むことの暗喩なのです。

そこにはもうあの鳥捕りが居ませんでした。網棚《あみだな》の上には白い荷物も見えなかったのです。

✺童話　銀河鉄道の夜　九、ジョバンニの切符

賢治先生が生きた時代のように、男の人たちのだれかしらが戦地へ赴《おもむ》いていた時代には、汽車の網棚の白い包みは、ありふれた点景のひとつであったかもしれません。賢治先生は日常のさまざまな場面で目撃した景色を素材にして、幻想の世界をつくりあげました。

いっぽうで現実の風景から人情劇を仕立てることはできないのです。それは大衆演劇の脚本家の仕事です。賢治先生のような人は、世間を観察して得られる風景や場面をかたはしから合《がっ》

切袋《さいぶくろ》にいれ、ガサガサとかきまわし、手を突っこんでどれかをつかみだすのです。いもづる式の人間もようとは無縁です。そんなものを投げすて、時間や土地から解き放ったうえで、あらためて世界を構成するのです。それが詩人なのです。

〔石炭袋〕の場面は、現存原稿の第七十三葉に書かれています。賢治先生が〔銀河鉄道の夜〕を最初に書いた「下書き」の原稿をそのまま使っている部分でもあります。すなわち初期形（一）なのですが、方針に迷いがあった先生は、ぼくたちがいったん汽車を降りて線路沿いの街道をあるいていることを忘れてしまいました。

そのため、ジョバンニが〔どこまでもどこまでも僕たち一緒に進んで行こう〕とあらたな決意を口にし、ぼくも〔ああきっと行くよ〕と答えたときに、ぼくたちがどこにいるのか、はっきりしません。遠くの野原に、ぼくは母の姿を見つけます。けれども、歩きながら目にしたのか、汽車の窓から見たのかがわからないのです。

ジョバンニには、ぼくが見た野原も見えません。〔ぼんやり白くけむっているばかり〕でした。不安になったジョバンニは、いまいちどぼくをうながしました。〔カムパネルラ、僕たち一緒に行こうねえ。〕

ジョバンニが斯《こ》う云いながらふりかえって見ましたらそのいままでカムパネルラの座ってい

た席にもうカムパネルラの形は見えず、ジョバンニはまるで鉄砲丸《てつぽうだま》のように立ちあがりました。そして誰《たれ》にも聞こえないように窓の外へからだを乗り出して力いっぱいはげしく胸をうって叫びそれからもう咽喉《のど》いっぱい泣きだしました。

❋童話　銀河鉄道の夜　九、ジョバンニの切符

みなさんがいまふつうにお読みになる「銀河鉄道の夜」では、このあとジョバンニは夢から目をさまします。〔もとの丘の草の中につかれてねむっていたのでした。〕というふうに。

賢治先生は、「銀河鉄道の夜」を完成させずに亡くなりました。草稿を書きはじめてから晩年まで、書き直しをくりかえします。しかも、書きなおすたびに原稿を解し、またあらたに構成しなおすのです。そのため、ページ番号も寸断されました。先生が最終的にどうしあげるつもりだったのかは、残された原稿から推測するしかないのです。

用紙や筆記用具のちがうものが入り混じっています。特注品の原稿用紙であったり、すでに書いたべつの原稿の裏を使ってみたり。あるいはブルーブラックインクであったり青インクであったり、鉛筆であったり。

賢治先生の没後六十年ほどたったころ、研究者のかたたちがあつまり、全集の刊行にむけての精査がおこなわれました。原稿の束は、まるで地層の対比をあらわすチャートのようでした。

複数の地点ごとに、地質の年代で色分けした棒状のグラフをつくり、色ごとの厚さをくらべる、といった図のことです。

「銀河鉄道の夜」はすでにご説明したとおり初期形が三種類、後期形がひとつありますので、棒グラフが四つならびます。

もし賢治先生が三十七歳で亡くならずに、四十歳、五十歳、六十歳と生きつづけたならば、「銀河鉄道の夜」も第五次、第六次……と改稿をかさねたかもしれません。つねに新しい情報に敏感であった先生は、新しい知識をふまえた物語をつくりたいと望んでいました。それは、先生のかんがえる〔時間〕にもとづいた方法なのです。


「銀河鉄道の夜」の初期形第三次稿では、〔咽喉いっぱい泣きだし〕たジョバンニの耳に、〔セロのような声〕が聞こえてきます。

その声の主は〔おまえはいったい何を泣いているの〕とジョバンニにやさしく訊ねます。そうして地理と歴史について語るのです。

それはこんなふうでした。〔紀元前二千二百年〕に生きた人や紀元前一千年に生きた人がいて、彼らはそれぞれの時代に正しいと思ったことを述べ、そのかんがえを史実として書きとめました。それが歴史であり地理であるとその人は云います。

つまり歴史も地理も、その時代を生きる人々のためにあるのです。神々がほんとうに存在したのかどうか、岩が天から降ってきたのかどうかを、後世のぼくたちがとやかく云うことにあまり意味はないのです。

……然り！　さすがにカムパネルラは賢い少年だ。宮沢の分身だけある。つまり、彼は宮沢のかんがえを述べているのだ。ぼくも賛成だ。世の中の常識で「過去」といえば、それは歴史的事実のことだろう。けれどもぼくがいま「過去」を話題にして、だれかに披露しているところだとかんがえてみたまえよ。それは「過去」ではなくて「現在」なんだ。……わからないと云わないでくれ。これならどうだ。宮沢流に星にたとえてみよう。星の瞬《またた》きは、まあその星がどこにあるかによって何億光年も差があるわけだが、今夜見る光は点ではなくて、帯だということさ。それが出発したはるか何億光年かなたから、切れ目なくずっとつづいた帯なんだ。「過去」もそういうものであって、そのくせ目に見えるのはいつだって前照灯だけだ。

（回復作業中）

取材班　お待ちいただくあいだに、ちょっと面白い逸話をご案内します。初期形のジョバンニさんは〔銀河鉄道〕を降りたのち、〔セロのような声〕の主から宿題をだされました。

ああごらん、あすこにプレシオスが見える。おまえはあのプレシオスの鎖を解かなければならない。

❋銀河鉄道の夜　初期形第三次稿　ジョバンニの切符

プレシオスとは、プレシオサウルスのことでしょう。ジュラ紀前期に棲息していました。長い首を持つので、首長竜とも呼ばれます。パドルのような四つのヒレ脚で水中を泳いでいた恐竜です。Plesiosaurus は Plesio（近い）＋ saurus（トカゲ）で魚類より爬虫類に近いという意味です。例によって賢治さんは音節を変則的にくぎり plesios と造語しました。

それが〔鎖〕になっているのです。連なっているわけです。これは、りゅうこつ座のことです。大きすぎる、という理由で分割されるまではアルゴ船（アルゴ座）の竜骨《キール》をあらわす星座でしたのでこの名前があります。プレシオサウルスの骨格はまさに、曲木を組んだ木造船のようです。

賢治さんはりゅうこつ座を首長竜とみなします。連なる星々を鎖にたとえて〔プレシオスの鎖〕と洒落たのです。

ところで、みなさんはりゅうこつ座にも十字架があるのをご存じですか？　ケンタウルス座の脚《あし》もとにある南十字座の十字架よりも大きい十字架です。うっかりした人は、このふたつの十字架をみまちがえるそうです。船乗りはまちがえません。〈夜の時計〉として役立つのは南十字座の十字架だけだからです。そこで、りゅうこつ座の十字架は、ニセ十字と呼ばれるのです。

その昔、ポルトガルの船乗りたちは「大クルス、小クルス」と呼んで区別しました。もちろん小さいほうがホンモノです。

南極星がない南半球では、この南十字星を方位の目印とします。天の南極からほんのすこしずれていることが幸いし、天頂を軸に時計まわりに回転するのです。子午線通過のときは直立します。二十四時間で一回転するため、旅人や船乗りは夜空に目をこらせばおおよその時刻がわかったのです。すなわち〈夜の時計〉というわけです。

〈通信が回復しました〉

硝子の笛が鳴っています。ぼくはいつのまにか、汽車のなかにもどっていました。車室はがらん、としています。ジョバンニの姿はありません。

「この汽車は、これから貨物線へはいるんだ」

ふいにだれかがそんなことを云いました。声のするほうをふりかえってみれば、そこに賢治先生の姿があったのです。すぐには、ことばが出ませんでした。ぼくは、すこしのあいだ、だまって立っていました。

「まあ、かけたまえ。まだしばらく動かないから」

ぼくは賢治先生と向かいあって腰かけました。ちょうどもとの座席でした。

「ここがどこか、きみはわかるかい?」

「サウザンクロス駅だと思っていました。運行地図によればここが終着駅のはずです。ぼくの切符にも、サウザンクロスと印刷してありました。でも、ぼくは停車した電車にのこってジョバンニとすこし話をしていました。なんとなく、ここがぼくの目的地ではないような気がしたのです。窓の外に十字架がみえて、あの苹果をくれた燈台看守や家庭教師の青年につきそわれた姉弟《きょうだい》が遠のいてゆきました」

「この駅には貨物用の支線があるんだ。石炭袋と呼ばれている港があって、そこにやってくる船にセメントや木材を運んでゆくためのね。運行地図には載っていないけれど、頼めば乗客も乗せてくれる」

「石炭袋は、港なのですか?」

「いろいろな物資があつまるところ、という意味ではね。胃のことを胃袋と云うようなものさ」

「ぼくは一種の墓場なのだと思っていました」

「かつてはそう考えられていた。なにしろ、星ひとつない真っ暗闇だ。けれどもあれは、塵やガスの密度が濃いせいで、そう見えるんだ。ほら、たとえば煤だって、厚く積もるほど黒く見えるだろう。だいたい、そんなようなことだよ。あそこは星が生まれるための工場で、材料をまぜあわせれば原始の星ができるんだ」

「ぼくはてっきり黄泉の国だと思っていました」

「それもまちがいではないよ。暗黒星雲も黄泉も再生する場所だ」

「出口のない闇ではないのですね？」

「黄泉がえり、ということばがあるとおりさ。出口はないが、入口からもどってくる場合がある。ただし、黄泉の国と現し国ではしばしば時間がずれるんだよ。ここでの五分が、現し国では十年や二十年になることもめずらしくない。ウラシマ伝説はそんなふうに生まれたんだろう。それに、だれもが黄泉がえるわけでもない」

「ジョバンニがもっていたような特別な切符が必要なのですね」

「そういうことだ。しかも、ジョバンニの切符は何度でもつかえる。彼が失くしさえしなけりゃあ、の話だよ」

　先生は口もとをゆるめました。たぶんジョバンニが切符を失くしてしまうと思っているのです。でも、ぼくもそんな気がしています。

「ジョバンニは銀河ステーションへもどるのですか？」

「すこしまえに臨時特別列車が出たよ。彼は、牛乳屋の裏手の丘で目をさまし、ほんの少しだけ眠ってしまっただけだと思うだろう」

「ケンタウル祭の晩ですね」

「きみが川へはいった晩さ」

「……はいった、と云うと望んでそうしたようにも聞こえますね」

「そうだね。ザネリは誤って舟から落ちたんだ。烏瓜《からすうり》のあかりを流そうとして、川のほうへ身を乗りだしすぎたんだ。でも、きみは落ちたザネリを救おうとして、自分から川にはいった。そのちがいさ。ザネリを舟のほうへおしたあと、きみは水のなかにとどまった。その一瞬の迷いで、きみは地上を離れたんだ。きみを悩ませた錘《おもり》はすでに消えていたのに。水に飛びこんだ時点でね」

「ぼくはあすこが川なのか天なのか、わかりませんでした。川面も天も星でいっぱいでした。まるで星座早見盤のあの窓つきのプレートを外してしまったときのように、天の川が輪になっていました」

「星座早見盤のあれはフィクションなんだ。星々は平面に描かれているけれど、ほんとうはそんなふうに並んでいるわけではない。実際は何億光年も、ときには何十億光年もはなれた星をおなじ平面上の点として描いただけなんだよ。きみはほんとうの天の川がどんな姿なのかを知っているのかな」

「ぼくは父の書斎にある銀河の写真をジョバンニといっしょに見たことがあります」

（……）カムパネルラは、その雑誌を読むと、すぐにお父さんの書斎から巨《おお》きな本をもってきて、ぎんがというところをひろげ、まっ黒な頁《ページ》いっぱいに白い点々のある美しい写真を二人でいつまでも見たのでした。

✺童話　銀河鉄道の夜　一、午后の授業

「きみは学校の授業で、光る砂粒をちりばめた凸レンズのかたちの硝子の模型を見せられただろう。あれで天の川銀河のことを学んだわけだ。わたしどもの太陽もそのなかにある、と教えられた」

「はい。凸レンズの端のほうでは硝子が薄いので砂粒もわずかしかなく、すなわち星もまばらです。いっぽう、レンズがふくらんだところでは砂粒もたくさんあり、それが重なりあってぼんやりと白く見える、と先生はおっしゃいました」

「先生は「これがつまり今日《こんにち》の銀河の説なのです。」とも云ったろう？」

「ええ、どういう意味なのだろう、とぼくはすこし不思議に思いました」

「きみが授業を受けたのは歴史年代からいえばもう百年近くもまえなんだよ。あのころの科学者たちはみんな、光学機械が進歩すればもっと正しい知識を得られるとわかっていた。自分たちの観測には限界があると認識していたから、あとの時代の科学者たちがもっと正確な天の川銀河の姿をあきらかにするだろうと考えたんだ。そうして、いまでは天の川銀河のほかにたくさんの銀河があり、それが銀河群をつくり、さらにいくつもの銀河群があつまって銀河団をつくっていて、その銀河団があつまった超銀河団があることまでわかっている。

さきほどからわたしが〈天の川〉銀河と云っていることにきみは気づいているね？　……よろしい。そうなんだ。百年前にはまだアンドロメダ星雲やマジェラン星雲が、われわれの銀河の外にあるべつの銀河かどうかははっきりせず、論争が起こっていた」

「外にあるのですね？」

「もちろんだ」

「地球からいちばん遠い天体は約一三八億光年のかなたにあって、そこが現時点——いまは二〇一八年でわたしが天上の住人になってから八十五年ほどすぎているんだが——の観測の限界なんだよ。つまり現時点で知りうる宇宙の姿でもある。きみたちは、光が一秒間に地球を七・五周すると習っただろう。それから考えれば、一三八億光年というのは実に途方もない距離だよ。しかも、この宇宙空間はかつて一点に収縮していたものが、あるときから膨張をはじめていまも膨張しつづけているのだからね」

「……ふくらんでいる？」

「ほぼすべての銀河が、われわれの銀河から遠ざかっているというべきかな。ときに、宇宙船〈地球号〉という呼びかたをするだろう。それはね、この地球もすさまじい速度で太陽のまわりをまわっている船だからなんだよ。もっといえばね、太陽はこの銀河系の惑星をひきつれて、さらにとてつもない速さで天の川銀河のなかを進んでいるんだ。わが国の国立天文台の測定では、毎秒二四〇キロメートルになる。ただしね、宇宙空間においては絶対速度はない——とアインシュタイン氏が特殊相対性理論で述べている——となれば、ほかの物体にたいする相対的な運動として理解すべきなんだけれども、ややこしいので速度としておくよ。それよりもだいじなのは、イメージも進化するということさ。ジョバンニが時計屋で見た硝子の盤は、きみも見たことがあるだろうね」

「はい。ぼくたちの学校の生徒は、みんなあの店のショウウインドウをながめるのが好きですから」

時計屋の店には明るくネオン燈がついて、一秒ごとに石でこさえたふくろうの赤い眼が、くるっくるっとうごいたり、いろいろな宝石が海のような色をした厚い硝子《ガラス》の盤に載って星のようにゆっくり循《めぐ》ったり、また向こう側から、銅の人馬《じんば》がゆっくりこっちへまわって来たりするのでした。

✺童話　銀河鉄道の夜　四、ケンタウル祭の夜

「あれは太陽系の模型のようだったろう？　円盤のうえに、惑星にみたてた大小の宝石が載っていてね。ところがだよ、太陽系は秒速二四〇キロメートルという速度で動いているんだ。当

然だが、地球や火星も、道づれになって回転しながら前進する。するとどうなる?」

「スクリューのように進むのかも」

「そのとおり。惑星の軌道を図にすれば螺旋状になるってことさ。イメージとしては、太陽が光の帯となって直進してゆくまわりを、螺旋を描きながら惑星がまわっている。燈台の階段が二重螺旋になったのがあるけれど、太陽系の惑星を八とするなら、それが八重の螺旋になっているというところだね。もしも、太陽の引力がなかったら地球号は宇宙の迷子になってしまう」

「なんだか、頭がくらくらします」

「まったくだ。……じきに発車だ。貨物の線路は揺れが激しいからつかまったほうがいい」

硝子《ガラス》の笛の音がひびきました。

「最後にひとつ、告白しよう。私は晩年に〔銀河鉄道の夜〕を書きなおしたさいに、きみの魂をどこへおくかを迷った。銀河鉄道のなかなのか、石炭袋のなかなのか。その迷いのせいで、きみの名前を書くべきところでジョバンニと書いてしまった」

先生はそこで、原稿用紙(現存原稿の第八十一葉)をとりだしました。「ここだよ」。そこには先生直筆の黒インクでこんなふうに書いてありました。

「ザネリがね、舟の上から烏うりのあかりを水の流れる方へ押してやろうとしたんだ。そのとき舟がゆれたもんだから水へ落っこったろう。するとジョバンニがすぐに飛びこんだんだ。そしてザネリを舟の方へ押してよこした。ザネリはカトウにつかまった。けれどもあとカムパネルラが見えないんだ。」

※『宮沢賢治「銀河鉄道の夜」の原稿のすべて』第八十一葉

「このあと、こんどは〔カムパネルラのお父さんも来た〕と書くべきところで、〔ジョバンニのお父さんも来た〕と書いてしまうが、こちらはすぐ直したよ。……つまり、私の心象ではジョバンニとカムパネルラはひとりの少年になりつつあったんだ。といっても、カムパネルラが消えたわけではない。ジョバンニの過去のなかに嵌《は》めこまれて見えなくなっただけだ」

「……というと?」

「幾何の時間にこしらえたメビウスの帯のことを思いだしてごらん」

「表と裏を分離できないあの帯ですか?」

「そうだ。あの帯の表と裏は、けっして交わらない。そればかりか、ふたつに分けることもできない。切り離したと思ったとたん、それはひとつの輪となり、しかも無限大の記号を暗示するかたちをして、きみたちは永遠に同時にありつづける」

取材班　なるほど!〔プレシオスの鎖〕とはメビウスの帯のことだったのですね。

耳になじんだジョバンニの足音が聞こえます。彼はぼくのまえを歩いているようです。そういえば、彼の切符は〔ほんとうの天上へさえ行ける〕だけでなく、途中下車も自由なのでした。もう、霧は晴れています。そこは牛舎の裏手にある丘のようです。ジョバンニは急に思いだしたかのように走りだしました。丘を駆けおりて、黒い松の林のなかへ飛びこみました。ぼくも彼に追いつこうとして黒い林のなかへはいりました。その先に牛舎があるのです。

ジョバンニの姿は見えません。けれども彼の声が聞こえました。〔今晩は、〕と牛舎の人にあいさつをしています。〔今日牛乳がぼくのところへ来なかったのですが〕〔あ済みませんでした。〕

搾《しぼ》りたての熱い牛乳がはいった瓶をかかえたジョバンニが牛舎から出てきました。ぼくは牧場の柵のところで待ちかまえて声をかけましたが、聞こえなかったらしく、彼はそのまま町のほうへ歩きだしました。

十字路のところで、ぼくはやっとジョバンニに追いつきました。けれども、彼の腕をつかもうとしておどろきました。ぼくの手は、透明だったのです。はっとして立ちすくみました。足もとに、青いあかりがあります。だれかが落としたのでしょう。からすうりの実をくりぬいて、燃やした樟脳《しょうのう》をいれてあります。半分つぶれた実のなかで、まだチロチロと燃えていました。

けれども、ぼくはそれをひろうこともできませんでした。鈴蘭燈に照らされた十字路にたたずむぼくの影もありません。向うのあかりと、こっちのあかりに照らされて矢車のように四方へのびているはずの影が、ひとつもないのです。ジョバンニは地面に落ちた青いあかりに気づいて、それをひろいました。彼の手が青くひかります。

ああ、ぼくはもう彼とおなじ地平の住人ではないのでした。群青天鵞絨《ぐんじようびろうど》に縫いつけた飾りのようにみえるケンタウルス座の星々も、実はたがいに何億、何十億光年もはなれているのです。ぼくとジョバンニもこんなに近くにいながら、もう二度とことばを交わすことも交わることもありません。

アルビレオの観測所にあったあの青宝玉《サファイア》と黄玉《トパーズ》のすきとおった球が、ぶつかることも交わることもなく、くるくるとまわりつづけていたように、ぼくとジョバンニもそれぞれの軌道をまわりつづけるのでしょう。

この瞬間、ぼくはカムパネルラであり、ジョバンニでもあるのでした。

カムパネルラの恋

銀河通信の速記取材班は社屋の東棟二階にあります。アイボリーホワイトの外壁と昭和初期の復興建築風の曲線をもつ、どこか懐かしい和やかさのある建物です。

わが取材班をひきいる海保津《かいほつ》氏が会議のため本部棟へ出かけてまもなく、一階の受付から内線電話がかかりました。正午をすこし過ぎたころです。

ベテラン記者の児手川《こてがわ》氏はただいま休暇をとっており、先輩の鈴原《すずはら》氏は昼休憩に出ていったばかり、後輩の奥沢は、朝から取材に出ていてまだもどりません。

そんなわけで、事務員をのぞけば居残りの記者はわたくし松本だけでした。

——速記取材班の記者に面会したいとおっしゃるお客さまが、受付にお越しです。先ごろ刊行された『賢治さんの百話』について、お話があるそうです。

——わかりました。お目にかかりましょう。応接室にお通ししてください。松本がまいります。

——了解しました。

こうして、わたくしは談話の達人と対峙することとなったのです。

応接室のソファに腰かけていらしたのは、ぎょろぎょろと大きな目をした小柄な人物でした。丈は五尺そこそこ、と同時代のひとたちが語り伝える姿と特徴的な容貌を、わたくしは学生のころの教科書で存じていました（ちなみに一尺はおおよそ三十センチです）。

かの有名なボヘミアンスタイル——黒いお釜帽に黒シャツ黒マント。肩まで伸ばした黒髪——でこそなかったものの、履歴書用に撮影したといわれ世間にひろく流布した肖像写真の面影そのものでありましたから、まちがえようもありません。

中原は身長五尺を漸くこえ、黒のワイシャツに黒のネクタイ、黒のだぶだぶの上衣を着て、お釜帽子を被り、髪は耳の下までおかっぱに垂らしていた。それはヴェルレーヌが描いたランボオの像の扮装なのである。

◎河上徹太郎『わが中原中也』

心のなかでは、うわぁぁ、ホンモノ! と興奮しつつも、わたくしも記者ですから、気持ちを落ちつけてのぞみました。しかしながら、お客さまに歩みよるわたくしのからだは〈ゆあーん ゆよーん ゆやゆよん〉と揺らぐのでありました。

「お待たせいたしました。速記取材班記者の松本です(名刺をば、さしだし)。このたびは小社刊行の『賢治さんの百話』について、なにかお申し越しがあるとか」

客人は、黒目がちな眼をみひらいて、ゆっくりとうなずきました。

「中原宙也《ちゅうや》です。先日のカムパネルラ談話の最中に割りこみをしたことは、ひとまずお詫びしておきます」

ひとまず!とはいかにもこのかたらしい。もちろん、割りこみではなく電波乗っとりであり、歴《れっき》とした犯罪ですが、わたくし松本はこの反逆的詩人の大ファンでもあるのです。ゆえに、ここはお得意の理屈を拝聴するとします。

「宮沢賢治のことならば、ぼくもかねてより話しておきたいことがあったのです。そのうち取材の申しこみがあるだろうと思っていましたが、とうとう電話一本ありませんでした」

いきなりの恨み節です。だれかに裏切られているという意識が、すべての詩の出発点である詩人らしいことばでした。それになにより、このかたほど語る=騙ることがその存在のすべてであった人物はほかに類がないほどなのですから、わたくしどもの不見識を呪うのも当然かもしれません。

「……たいへん失礼しました。さきの企画は、これまで賢治さんについて表だって語ったことのないかたを中心に取材を試みたものですから」

「ぼくだって、浮世のころはほんのすこししか語っていませんよ。草野にくらべれば。なにしろぼくには時間がなかった。あなたがいつの時代のひとかしらないけれど、ぼくは享年三十ですよ。宮沢賢治が死んだ四年後にはぼくも彼《か》の河を渡ったんだ」

ポロリ、ポロリと死んでゆく。

みんな別れてしまふのだ。

　呼んだつて、帰らない。

　　なにしろ、此の世とあの世とだから叶《かな》はない。

　　　　◉『中原中也全集2』詩Ⅱ「ポロリ、ポロリと死んでゆく」


「存じております。後世に生まれたわたくしなどは、その早すぎる死を惜しんだものです」

「ほう、いつのお生まれで?」

「昭和四十五年です」

「ぼくの没後、三十三年」

「わたくしの祖父は宙也さんと同い年でした」

「ほう。ところで、あなたもいささか早まって川を渡ったようだ」

「おそれいります」


　ここで銀河通信購読者のみなさまに、あらためてご紹介しましょう。この小柄で目玉の大きなお客さまこそ、哀しみと寂しさを謳わせたならば随一の、しかも感傷とは無縁の詩人、中原宙也さんなのです。

　お名前のとおり、宇宙時代がまだ遠い遠い果ての話だった一九三〇年代に、はやくも宇宙性を持っていた稀有の人物です。その鋭い感覚で、賢治さんの生前に『春と修羅』を読み、高く評価した人でもあります。宙也さん自身が無名の少年詩人であったために、その「声」が世間にとどくことはなかったのですが。

「宮沢賢治の没後、草野とふたりで、全集の宣伝をしてあちこちまわりましたよ。買わせるためにね。さきざきで酒を呑むものだから、つい本来の目的をそれて大げんかになるのが常でしたがね」

中原中也がはじめて私のところに顔を見せたのは、草野《くさの》心平《しんぺい》氏に同道されてやって来たものに相違ない。用件は、たしか宮沢賢治《みやざわけんじ》の全集が出るから買えというのであった。あいにくとこの時、少しおくれて太宰治がやってきた。しばらく「おかめ」でいっしょに飲み合っているうちに、いつの間にか、大乱闘になった。

❋檀一雄『太宰と安吾』

それも、存じております、と云うのはやめておきました。宙也さんに好きな花をたずねられた太宰治さんは泣きだすような声で「モ、モ、ノ、ハ、ナ」とこたえます。それからなにがどうなったかわからないうちに大乱闘になっていた、と檀さんが回想するエピソードはのちの時代の文学ファンにとってはたまらないほど愉しいものです。

「酔えば見境なく周りの人と喧嘩した」と友人の河上徹太郎《かわかみてつたろう》さんが書く悪癖は伝説となっています。「時にはやくざでも香具師《やし》でも相手にする」のでしたが、身長五尺を漸《ようや》くこえるていどの宙也さんですから、「いつも叩きのめされてしまった」そうです。

最後の無頼派と呼ばれた檀一雄《だんかずお》さんも「森敦や太宰治や、中原中也らとの凶悪な飲酒にふける」時代を過ごしたかたです。

昭和の文学史をいろどる面々がこぞって帝都につどい交流し（おおかたは酔いどれ）た時代があったことを、わたくしなどはなんと羨ましい、と思ってしまいますが、その地上は関東大震災後の解体と混乱のさなかでもあるのでした。

さらにこの若者たちの親分として彼らへの援助を惜しまなかった佐藤春夫《さとうはるお》さんの存在も忘れてはならないでしょう。檀一雄さんも「佐藤春夫先生の絶えざる庇護《ひご》と激励の中に生き得たことは生涯の幸福である」と書いておられます。

酌みかわされる夥しい酒は、宙也さんのつむぐ詩においてはすべて哀切と涙に変換されました。

私は弱いので、
悲しみに出遇《であ》ふごとに自分が支へきれずに、

生活を言葉に換へてしまひます。
そして堅くなりすぎるか
自堕落になりすぎるかしなければ、
自分を保つすべがないやうな破目《はめ》になります。

◎『中原中也詩集』未刊詩篇「寒い夜の自我像《ママ》」

こんなしだいで、宙也さんからお話を伺うことになりました。もちろん、自らを被害者に仕立てることが命題であったようなかたですから、お話を額面どおりに受けとるのは危険です。友人たちに〈絢爛たる座談家〉と称されたほどの語り手なのです。

後刻、デスクの海保津氏に報告したところ「松本、これはいいねえ。宙也による『銀河鉄道の夜』の新解釈だ。さっそく記事にしようじゃないか」とほめてくれました。

報道は鮮度が命です。そんなわけで本日ここに〈賢治さんの百話〉第百一話としてお届けいたします。〈電波妨害〉によって、すでに断片的な「お説」を拝聴してはおりますが、公式には初登場です。このかた特有のリクツで、さらに興味深い内容となりました。

みなさまを退屈させる前口上はこのくらいにして、さっそく宙也さんに語っていただくことにしましょう。

《中原宙也さんの話》

『春と修羅』を読んだのは、一九二五（大正十四）年の寒い季節でした。ぼくが京都の中学校を卒業しないで投げだして十八歳で東京へ出てきた年の暮か、明けた冬のころです。宮沢がこの詩集を自費出版したのが大正十三年の春ですから、一年ほどは気づかずにいたことになりますね。

あのころはもはや宣伝が必要な時代だったので――広告だの、大御所の推薦だの――、なんの後ろ盾もない新人の詩集が世に知られるのは、むつかしかったのですよ。ぼくは何冊か買って、友人たちに読めと云いましたが、なにしろぼく自身が無名ときては、どうにもならずでね。

私にはこれら彼の作品が、大正十三年頃、つまり「春と修羅」が出た頃に認められなかつたといふことは、むしろ不思議である。私がこの本を初めて知つたのは大正十四年の暮であつたかその翌年の初めであつたか、とまれ寒い頃であつた。由来この書は私の愛読書となつた。何冊か買つて、友人の所へ持つて行つたのであつた。

『中原中也全集3』評論「宮澤賢治全集」

ところがこんどは、宮沢が亡くなったとたんに全集は出る、評論は出る、だれかれがその詩をほめそやすということになったわけです。よろこばしいことではありましたが、ぼくとしては愚痴を云いたくもなりましたよ。だれだって、生きているうちに認められたいんだ。

今年、「宮澤が死んだ」と聞いた時には、大変気の毒に思ひました。すると間もなく、彼の全集が出ると聞いて、喜んだことは勿論ですが、却て忌々しい気もしました。例えば、二ケ月も気持が腐つて、湯にも這入らない後で、偶々お湯に這入つてごらんなさい！　脳貧血を起さないまでも、一層がつかりしますから。それと同じやうなことです。

※『中原中也全集3』評論「宮澤賢治全集刊行に際して」

まあ、ぼくもあのころは不正直なことを云っていますね。現代の読者のかたはお気づきでしょうがね、右の評論の字面にひそんだ本音は「なんてことだ！　ぼくの霊感源がおおやけになってしまうぞ」であったことを、いまは認めましょう。死後八十年をへて、ぼくも大人になったというわけです。

ところが、十八歳のぼくはといえば、自分の身の裡《うち》にある宙（真空状態ではなく、ウツなるものという意味ですよ）を扱いあぐねて過呼吸気味でありました。本来、つりあっているべきインプットとアウトプットとが均衡を欠いていたのです。

取材班　宙也さんは一九〇七（明治四十）年、山口県の湯田温泉で生まれました。幼少より神童として名を馳せ、父の期待を受けて地元の名門山口中学へ入学しますが、文学に耽《ふけ》ったあげく暗記科目に難儀して落第します。

やむなく京都の私学へ転学するものの、そこでもまた文学が宙也さんの日常の中心をなすのでした。つまり、学業は放擲《ほうてき》されます。さらに、その私学の教師の紹介で、富永太郎さんと知りあい、ダダイズムにのめりこんでゆきます。これからしばらく年長の友人たちに〈ダダさん〉と呼ばれる所以《ゆえん》です。

一九二五（大正十四）年、宙也さんは京都の私学を卒業せずに上京しました。富永さんが東京の雑誌で詩を発表し、高評価を得ていたことに「我も！」と駆り立てられたからです。

生家へは、大学受験のためと称して仕送りをつづけてもらいます。しかし、この上京のさいに受験生であるにもかかわらず女連れであるところが宙也さんの宙也さんたるところです。

府下中野の貸家に棲みついた宙也さんは、まもなく富永さんを通じて帝大仏文科の学生であった小林秀雄さんと知りあい、親しくなります。小林と富永はともに東京の府立一中の出身です。

だれかと親しくなると、その人の近所へ引っこすことが、宙也さんの習癖でした。このときも杉並で実家暮らしをしていた小林さんの近所へ引っこしました。

新しい友達が出来れば、必ずその附近に引越すのが、中原流である。
※大岡昇平『中原中也』「朝の歌」

宙也さんは自分の流儀で、友人たちと交際しようとしましたが、その方法は世間に受けいれられないことがたびたびあったのです。けれども、憎めない人であったのも確かです。小林秀雄さんとのあいだで、ある女の人をめぐって三角関係となり、彼女と小林さんとが同棲をはじめます。

宙也さんはひとりぼっちになるわけですが、この件についてはご本人の口からお伺いするとしましょう。そうして賢治さんについての「お説」もテーマは恋愛のようです。

ええ、もちろん恋の話です。ぼくが『賢治さんの百話』を読んでいちばん不満だったのは、まさにその恋についての談義が、あまりにもすくないことでした。巻頭の特別インタヴューで、宮沢と関わりのあった女の人たちについて、わずかに触れられていますがね。あれはゴシップであって、ことの本質ではありません。

ぼくがこのたび、しゃしゃり出てきた理由は、まさに「恋」について語るべきことがあったからなのです。後世の賢治研究家のかたがたも見逃している重大な問題をふくめてね。

まずは、これをご覧なさい（**取材班**　ここで、宙也さんはどこぞで入手したらしい賢治さんの現存原稿の複写をとりだしました)。

カムパネルラ
　　の恋。

✺『宮沢賢治「銀河鉄道の夜」の原稿のすべて』第七八葉裏

右は宮沢が「銀河鉄道の夜」を書いた原稿用紙の裏に鉛筆で記した創作メモです。ご存じのとおり、詩人には書くより以前の厖大な意識の流れがある。それを、他者が推測するのは無茶ではあるものの、ぼくとしては宮沢の頭のなかを解読してみたくもあるわけです。

そのまえに、宮沢が書いた恋の詩をいくつか鑑賞してみましょうか。ぼくにもおぼえがありますところの、恋の終わったあとの途方もない空洞は、なまなかの詰めもので埋まるものではありません。

おお、そう云えば、地下鉄のトンネルというものは、ひとたび掘りましたならば、それをもとどおりに埋めることは物理的に困難で、洞は洞として残しておくほうがよっぽど安定するのだそうです。

蓮根の穴に辛子を詰めてみたって、蓮根が穴あきであることには変わりがないのとおなじでしょうか。ぼくの場合——後世のかたは、おもしろおかしくご存じでしょう——、恋敵のところへ移ってゆく女の荷物を、いっしょに運んでやったものでした。

私はほんとに馬鹿だつたのかもしれない。私の女を私から奪略した男の所へ、女が行くといふ日、実は私もその日家を変へたのだが、自分の荷物だけ運送屋に渡してしまふと、女の荷物の片附けを手助けしてやり、おまけに車に載せがたいワレ物の女一人で持ちきれない分を、私の敵の男が借りて待つてゐる家《ウチ》まで届けてやつたりした。

※『中原中也全集3』「我が生活」

その後、ぼくは直《す》ぐ電車に乗る気になれず、つぎの駅まで開墾されたばかりの、野の中をあるきましたよ。こんなときにかぎって冴え冴えとした月と雲が見えました。

宮沢もまた、ひとつの恋が終わったと思われるころ、いたたまれない気持ちをかかえて薄暮のなかを歩きます。

薄明穹黄ばみ濁り
こいのこころはあわただし
こいのこころはつめたくかなし

西の黄金の
尊きうつろに　もつれし枝はうかびたり
枝にとまりて　からす首をうごかせり。

※宮沢賢治全集3　冬のスケッチ

情熱は黄金の坩堝《るつぼ》で溶かされ、もうまるで姿をとどめないのです。そのまぶしい穴をみつめたのちに瞼《まぶた》を閉じれば、こんどは真っ黒の穴があらわれます。それは初めから暗いうつろであるよりも、はるかに恐ろしく壮絶な穴です。石炭袋とも通じるでしょう。

ある晩宮沢は、きれぎれの黒雲のなかに、犬狼星《けんろうせい》ばかりが光っているのを見つけます。犬狼星、すなわちシリウスはわが太陽の二倍半の直径を持ち、もしおなじ位置にあったなら五十倍のひかりを放つ恒星です。

ここでもまたカニスマゾアなどと、気取ってみせるのが宮沢流です。これは犬狼星が属する大犬座の学名ですが、宮沢の目に飛びこんできたのは星座全体ではなく、青く光るこのシリウスであったでしょう。

家を出ましたら
カニスマゾアばかり

きれぎれのくろくもの
中から光って居りました。

ほんとうにおれは泣きたいぞ。
一体なにを恋しているのか。
黒雲がちぎれて星をかくす
おれは泣きながら泥みちをふみ。

※宮沢賢治全集3　冬のスケッチ

※宮沢賢治全集3　冬のスケッチ

かなり苦しんでいますね。そもそも、この「冬のスケッチ」というのは、現存の原稿紙葉が「作者生前の紙葉と必ずしも一致せず」と校本編者が注釈しているとおり、欠落がかなりあると思われます。それが保存の不備なのか、遺族の方針なのか、もはや区別はむつかしくなっています。そのため、紙葉と紙葉のつながりも推測でしかありません。

ひとつ確かに思われるのは、かなわなかった恋のゆえに、宮沢はこの「冬のスケッチ」を残さなければならなかったことです。たとえ苦しみの結晶であっても、蒐集物を整理し分類することは、詩人にとっては欠かせない労働なのです。標本化された断片をすこしならべてみます。

にわかにも立ち止まり
二つの耳に二つの手をあて
電線のうなりを聞きすます。

たましいに沼気つもり
くろのからす正視にたえず
やすからん天の黒すぎ
ほことなりてわれを責む。

行きつかれ
はやしに入りてまどろめば
きみがほおちかくにあり

汽車のあかるき窓見れば
こころつめたくうらめしく
そらよりみぞれ降り来る。

まことのさちきみにあれと
このゆえになやむ。

きみがまことのたましいを

まことにとわにあたえよと
いな、さにあらず、わがまこと
まことにとわにきみよとれ、と。

ひたすらにおもいたむれど
このこいしさをいかにせん
あるべきことにあらざれば
よるのみぞれを行きて泣く。

かなしさになみだながるる。

あまりにも
こころいたみたれば
いもうとよ
やなぎの花も
きょうはとらぬぞ。

ぼくは「冬のスケッチ」から随意に断片をならべてみましたが、宮沢の『春と修羅』を愛読しているかたは、これら断片のいくきれかにおぼえがあるでしょう。たとえばおしまいの五行は、のちに「恋と病熱」という詩にモンタージュされました。くろのからすもスケッチをなぞったものです。

きょうはぼくのたましいは疾《や》み
烏《からす》さえ正視ができない
あいつはちょうどいまごろから
つめたい青銅《ブロンズ》の病室で
透明薔薇《ばら》の火に燃される
ほんとうに、けれども妹よ

きょうはぼくもあんまりひどいから
やなぎの花もとらない

❋春と修羅　恋と病熱　宮沢賢治全集1

どうやら、妹トシさんの病が進行するいっぽうで、宮沢の恋は破局を迎えたようですね。妹をなぐさめるために花を摘もうとするものの、とてもそんな気分になれないと云っているのです。

しかし、詩は書くのです。ぼくも、恋人を恋敵にとられたときに叫びまくりました。思いのたけの出口が必要だったからですよ。

私の聖母《サンタ・マリヤ》！
とにかく私は血を吐いた！……
おまへが情けをうけてくれないので、
とにかく私はまゐつてしまつた……

❋『中原中也詩集』「盲目の秋」

取材班　しかし、宙也さんが賢治さんとまったくちがうのは、この「盲目の秋」の後半でつぎのような要求をしていることです。

せめて死の時には、
あの女が私の上に胸を披《ひら》いてくれるでせうか。
　その時は白粧《おしろい》をつけてゐてはいや、
　その時は白粧をつけてゐてはいや。

（中略）

いきなり私の上にうつ俯して、
それで私を殺してしまつてもいい。
すれば私は心地よく、うねうねの瞑土《よみち》の径を昇りゆく。

『中原中也詩集』「盲目の秋」

さて、ここからがちょっと面白いところです。宮沢と別れた女は、それからさほど日をおかずにべつの男性と結婚しました。宮沢はその嫁ぎ先を、ひそかに訪れています。この点は、ぼくが恋敵と女の新居へ正面きってずかずか訪ねていったのとは大ちがいです。

取材班　このときの宙也さんのふるまいを大岡昇平氏は『中原中也』においてつぎのように描

きます。

やがて中原が小林と泰子の住む家へ来るようになるのは、中原の憎みきれない（ママ）性質のためには違いないが、事態をこんがらかさずにはおかない。しかし小林はそれを断ることが出来ない。

※大岡昇平『中原中也』

ぼくの場合、小林とは親友関係であったので、恋敵といえども絶縁できなかったのですがね。「つきまとい」の一種であるのは認めましょう。

宮沢の場合は、もっとわかりやすい。まさに足音をしのばせて出かけました。夜半にです。その名もズバリ、「探偵」と題する詩を残しています。現代のかたならば、これをストーカーと云わずしてなんでしょうか。

巨《おおき》なるどろの根もとに
水をけてうちはねたるは
式古き水きねにこそ
　きみしたいここにきたれば

草の毛や春の雲さび
月の面《も》をかすめて過ぎつ

おぼろにも鈴の鳴れるは
その家の右袖にして
まどろめる馬の胸らし

（中略）

ひそやかにさくらそう咲き
羊歯《しだ》の芽も萌えも出《い》でなん
この丘のはざまのよなか

◎文語詩稿　月のほのおをかたむけて　先駆形A　探偵

さらにこの文語詩には「兇賊《きょうぞく》」と題する異稿もあるのです。宮沢はおのれの行為の愚かさは自覚していたのです。まあ、当然ですがね。真夜中に人の家の敷地に忍びこむとあっては！

その家には特徴的な水杵《きね》がありました。

人なき山路二十里を

すでに走りて稲妻は
丘のはざまの月あかり
水杵をのぞみとどまりぬ

さらばとみちをよこぎりて
家の内外をうかがえば
七十ばかり廏肥の束
月にならびて干されけり

✺文語詩稿　月のほのおをかたむけて　先駆形B　兇賊

しかも宮沢のこの悪癖は、これが初めてではないのです。生涯を通じ、彼は関わりのあった女の住まいを確認せずにはいられない性癖の持ち主でした。若き日を回想するつぎの文語詩をご覧ください。

森の上《へ》のこの神楽殿《かぐらでん》
いそがしくのぼりて立てば
かくこうはめぐりてどよみ

松《まつ》の風頰《ほほ》を吹くなり
（中略）
うららかに野を過《よ》ぎり行く
かの雲の影ともなりて
きみがべにありなんものを

※文語詩未定稿　丘

高台にのぼってみたものの、彼女が暮らし、はたらいた町は見えなかったことを記していま
す。この詩の先駆形では、恋する女の職業がほのめかされています。

夏雲の乱れとぶ下、
青々と山なみははせ、
丘らしきかたちもあれど
君が棲むまちは見えざり
来しかたは夢より淡く
行くすえは影より遠し

きょうもまた病む人を守り
つつがなくきみやあるらん

※文語詩未定稿異稿　丘　先駆形

宮沢の年譜を読めば、盛岡中学校を卒業した春に岩手病院で鼻炎の手術を受けたとあります。このとき看護にあたった女にいっぽう的な想いをよせてしまうのでした。宮沢の文語詩は、書きためた「心象スケッチ」を素材にして晩年の病床でつくられたものです。ぼく流に云うなら「労働」されたものです。画家が手もとのスケッチをもとに構図をきめ、タブローにしあげるようなものです。

宮沢の「心象スケッチ」は画家の素描や写生とおなじでした。あるいは宝石加工業者にとっての原石にもたとえられます。

詩を書くようになるまえの宮沢が盛んにつくっていた短歌のなかに、そうした原石がみつかります。

つぎなるは一九一四（大正三）年、まさに十代の若者であった当時の歌稿です。

君がかた

見んとて立ちぬこの高地
雲のたちまい　雨とならしを

※歌稿大正三年　一七五

志和《しわ》の城の麦熟すらし
その黄いろ
きみ居るそらの
こなたに明し

神楽殿
のぼれば鳥のなきどよみ
いよよに君を
恋いわたるかも

※歌稿大正三年　一七九

ところで、晩年の宮沢はみずから「恋の総決算」をしました。それによれば、どうやら生涯に四度の恋をしたようです。

恋のはじめのおとないは
かの青春に来《きた》りけり
おなじき第二神来《しんらい》は
蒼《あお》き上着にありにけり
その第三は諸人《もろびと》の
栄誉のなかに来りけり
いまおおその四《し》愛憐《あいれん》は
何たるぼろの中に来しぞも

✺文語詩未定稿　機会

さて、こんどはぼくが探偵になってこの四度の恋の相手を推測してみましょう。初恋は簡単です。いまちょうどご紹介したばかりの十八歳のときに看護してもらった女（ひと、と読んでください）です。

この女にたいする宮沢の心象は桐の花でした。ですので、のちになっても桐の花を目にするたびに彼の女を想うのです。とはいえ、この恋は宮沢のひとり相撲というよりは「思いあがり」が多分にあったようです。

というのも、つぎの「公子」というタイトルの文語詩によって宮沢自身が若気のいたりを揶《や》揄《ゆ》しているからです。公子とは貴公子のことです。ひとりよがりな青春時代の自己像を、晩年にはそのように皮肉ってみたのでしょう。

桐の木に青き花咲き
雲はいま　夏型をなす

熱疾みし身はあたらしく
きみおもうこころはくるし

父母のゆるさぬもゆえ
きみわれと　年も同じく
ともに尚　はたちにみたず
われはなお　なすこと多く
きみが辺《べ》は　八雲のかなた

✺文語詩稿一百篇　異稿　公子　先駆形A

若者が入院先の看護人にあこがれる、という構図はありがちで、その場合は年上の女が定番でもあるのですが、宮沢の想いびとは「同い年」の人であったのですね。

第二のミューズは、宮沢と結ばれることなく水杵の水車のある家に嫁いでしまったあの女です。「蒼き上着」がなにをさすのかはわかりませんが、この時代に宮沢が蒼い生地の上着を仕立てて着ていたのじゃないでしょうか。

烈《はげ》しいかげろうの波のなかを
紺《こん》の麻《あさ》着た肩《かた》はばひろいわかものが
何かゆっくりはぎしりをして行きすぎる
どこかの愉快《ゆかい》な通商国へ
挨拶《あいさつ》をしに出掛《でか》けるとでもいう風《ふう》だ

※春と修羅　第二集　五一九　春

おそらくこれは、宮沢自身でしょう。春に〔はぎしり〕しているとなれば。すると、「紺の麻」は、よく出回っている椅子に腰かけた写真、あそこで着ている上着じゃないかしら？　ぼくとしてはそんな気がしますよ。

そうしておそらく、この第二神への想いは、生涯断ち切れなかったのです。そのことについてはのちほどまた触れます。

第三の恋について推測してみます。「諸人の栄誉のなかに」というのもなにを指すのかはいまひとつわかりませんが、年代としては羅須地人協会の活動をしていたころでしょう。理想を抱いて計画したものの目的は果たせませんでした。しかし愉しい時間もあったように思われます。

この女は、巷間にTと記されていますね。のちの伝記作家のかたがたが、憶測や不確かな情報で彼女を不当に悪く書いているのを見かけますが、ぼくは彼女がカソリックの信者であったことによって、まことにさっぱりと筋の通った善人であったと信じますよ。

ぼくはカソリックの信者ではありませんでしたが、詩を書くためにはその世界観が必要であったのです。それについては友人の河上が書いてくれているので、ここでちょっと引用しておきます。

先ずカトリックは中原にとって考え得べき最も完璧で、包括的な世界観であった。しかもそれが同時に、最も活きた実践倫理の面を備えていた。（中略）これがまた彼の行為を縛るより、正しい自由を与えたのである。

✺河上徹太郎『わが中原中也』

こうしたわけで、彼女の行動はすべて、宗教観からくる実践として説明がつくのです。奉仕の心で、羅須地人協会の雑用をひきうけていたのでしょう。後世のかたがたも、伝記作家のご都合主義によって書かれた立証不可能な伝聞をうのみにしてTを悪女とみなすことを、そろそろ改めてほしいものです。

問題となるのはむしろ、〈その四愛憐《しあいれん》〉の相手です。この女《ひと》との結婚がかなわなかったことは、晩年の病床で思い起こすときですら、怒りを抱かずにはいられないほどの痛手となりました。「なんじが曲意非礼を忘れじ」などと、書きつけているのですからね。

最も親しき友らにさえこれを秘して
ふたたびひとりわがあえぎ悩めるに
（中略）
あらゆる詐術《さじゅつ》の成らざりしより
我を呪《のろ》いて殺さんとするか
然《さ》らば記せよ
女と思いて今日までは許しても来つれ

今や生くるも死するも
なんじが曲意非礼を忘れじ

✺文語詩未定稿　最も親しき友らにさえこれを秘して

なんとも、後味の悪いことばが連ねてありますね。この怒りの相手と、通称「雨ニモマケズ手帖」に書かれた「聖女のさましてちかづけるもの」の聖女はおなじ女でしょう。

聖女のさましてちかづけるもの
たくらみすべてならずとて
いまわが像に釘《くぎ》うつとも
乞《こ》いて弟子の礼とれる
いま名の故《ゆえ》に足をもて
われに土をば送るとも
わがとり来しは
ただひとすじのみちなれや

✺補遺詩篇　聖女のさましてちかづけるもの

こうして第四の機会は「何たるボロの中に来しぞも」と、自尊心を打ち砕かれたさまを表現することとなるわけです。この女に関するヒントは、新校本年譜にあります。

それによりますと、一九二八（昭和三）年六月、父の依頼によって仙台で開催中の「東北産業博覧会」を見学した宮沢は、そのまま自宅へもどらずに東京へ向かいました。さらに伊豆大島へ渡ります。

この大島行きは伊藤七雄《いとうななお》とその妹に再会するためでした。かねて伊藤より、大島で開校する農芸学校の相談を受けていたからです。年譜ではその日時について（……この年の春ではないかと思われる）とあいまいですが、つづけてこんな記述をするのです。

……妹の方は賢治との見合いの意味があった。その時賢治は知らなかったが、あとで仲介者（菊池武雄といわれている）から訪問の意味をしらされたようである。

※【新】校本　宮澤賢治全集第十六巻（下）

右は初対面のときのことを述べたものです。となれば、大島では再会となるわけで、こんどは宮沢としても大いに見合いを意識しての渡航であったでしょう。「三原三部」と呼ばれる作品群にその痕跡をとどめています。といっても、あからさまに書いてあるのではなく、ところどころに「まんざらでもない」意識が滲みでている、といったふうです。

甘ずっぱい雲の向こうに
船もうちくらむ品川の海
海気と甘ずっぱい雲の下
なまめかしく青い水平線に
日に蔭《かげ》るほ船《ぶね》の列が
夢のようにそのおのおののいとなみをする

……南の海の
南の海の
はげしい熱気とけむりのなかから
ひらかぬままにさえざえ芳《かお》り
ついにひらかず水にこぼれる
巨《おお》きな花の蕾《つぼみ》がある……

（三原三部　三原　第一部）

滞在は短く、翌日の午后には大島を発ちました。宮沢はいそがしく島を離れたことを悔やみつつ東京へもどります。けれども彼の心の裡にはなにかよろこばしい感情がありました。

海があんまりかなしいひすいのいろなのに
そらにやさしい紫《むらさき》いろで
苹果《りんご》の果肉のような雲もうかびます

◉三原三部　三原　第三部

この旅からもどって二月《ふたつき》ほどのち、宮沢はふたたび体調をくずし、花巻病院で治療を受けることになります。年譜によれば、四十日間ほど熱と汗に苦しみました。ゆえに見合い話も、具体的にはなりませんでした。

さらに三年後の夏、宮沢より二歳ほど若かった伊藤七雄が亡くなりました（**取材班**　もともと彼は胸の病の療養のため大島に土地を買ったのです）。

この話は、しかしここで終わりません。病がちであった晩年の宮沢の身近にいた佐藤隆房のつぎのような回想録があるのです。佐藤は花巻病院の医師でした。宮沢の友人のひとり森佐一から聞いた話としています。

……賢治さんは、突然今まで話したこともないようなことを言います。

「実は結婚問題がまた起きましてね、相手というのは、僕が病気になる前、大島に行った時、その島で肺を病んでいる兄を看病していた、今年二十七、八になる人なんですよ」

✺佐藤隆房『宮沢賢治』

これが昭和六年七月の話です。新校本年譜では「ずうっと前に話があってから、どこにも行かないで待っていた」と宮沢本人の談話として森佐一が聞いたことになっています。この云いまわしには、はっきりと期待がにじんでいますね。実現を前提にして、友人相手に口をすべらせたものと思われます。

さて、推理にもどります。「どこにもいかないで待っていた」人というのが、伊藤七雄の妹であるのはまずまちがいありません。彼女の名はCと表記されることが多いのでここでもそうします。彼女を特定して人格をとやかく云うことがぼくの目的ではないからです。

宮沢はこの話をしたさい、森が暮らしている盛岡を訪ねているので、病があるていど癒え、また出歩けるだけの体力がもどったのです。これに先立つ一九三一（昭和六）年二月には、東北砕石工場技師となってはたらきはじめてもいました。

技師という肩書ながら、その実態は営業でした。宮沢は製品見本を詰めたトランクを提げて、それこそ東奔西走するわけです。しかし、それはまた彼の東京熱を煽りもしました。かくて売りこみを方便とする東京出張となります。新校本年譜によれば、砕石工場の各種見本を詰めた四十キロもの重量になる大トランクを携えての旅で、母のイチが心配してやめるように説得するもきかず、という出発でした。

東北本線にて途中下車して営業を兼ねながら、仙台へ到着。一泊して午前四時発の列車にのり、水戸での用事をすませて一九三一（昭和六）年九月二十日に、東京へ着いています。

その後の足どりについて新校本年譜に興味深いことが記されているのです。


しかし次のような深沢紅子《こうこ》（省三夫人、岩手県出身の画家）の談話があり、荷物を八幡館へ置いてから、市外吉祥寺一八七五菊池武雄を訪ねたと推察される。
◎【新】校本　宮澤賢治全集第十六巻（下）

菊池夫妻（武雄は宮沢と同郷の友人）はあいにく留守でした。そこで宮沢は隣家を訪ねて荷物を託します。そのとき応対したのが深沢紅子だったのです。

紅子は「たいそう暑かったせいか、水をくださいということでコップで水をあげました」と語っています。自身の『追憶の詩人たち』に書いた内容を、後に年譜作成者に口伝しました。

紅子の夫、深沢省三が盛岡中学の出身であることも添えておきます。

東京に着いた午后、神田の宿に荷物をおいたその足で宮沢は吉祥寺へ向かったのでしょう。

一般的な年譜では、仙台発の常磐線車内で寝入り、寒いと思って目をさましたところ、向かいの乗客は窓をあけたまま降りていた。そこから風が吹きこんでからだを冷やされ、夜になって激しく発熱した、とそんなふうに「吉祥寺立ち寄り」をことさら省いて書かれることが多いようです。

そのことがぼくを怪しませるのですよ。紅子と伊藤七雄の妹Cは、ともに盛岡高等女学校の出身です。紅子のほうがやや年長ですが、上京先で同郷の人たちがつながるのはよくあることで、紅子とCも親しかったと思われます。

伊藤七雄が亡くなったのは紅子宅での「コップで水」談話にさきだつ八月でした。妹のCは大島をひきはらって実家あるいは東京にもどっていたと思われます。長く看病した兄が亡くなり、慰めと気分転換をもとめたCが、この時期紅子のところに滞在していた――その情報を、宮沢は友人の菊池から得た――、と推測するのはあまりにもご都合主義かもしれませんが、筋は通ります。ぼくのつくった物語はこうです。

宮沢は菊池夫妻を訪ねるのを口実に、東京に着いたその足で吉祥寺を訪れます。Cに接触して、結婚の意思を確認するつもりだったのです。しかしながら彼女は、きっぱり断わったか、または面会自体を拒んだのかもしれません。そのつれない態度に衝撃を受けた宮沢は、晩になって高熱をだして寝こんでしまうのです。

こうした正面突破は、成功するものではありません。恋には必ずや高度なかけひきがつきものなのですから。

「中原の生涯で成功した恋愛は、私の知る限りこれ一つである。」と大岡に書かれたくらいに女運の悪いぼくが云うのもなんですが、宮沢のように女ごころが読めない人もめずらしい。

三年まえの見合いののち「どこにもいかないで」時を待つほどCが本気だったならば、そのあいだに連絡ぐらいはよこすでしょう。便りがないのは、気がないからです。そこを察しなかった宮沢の心は破れ、ぼろぼろです。はては、哀しみを恨みで埋めあわせるしかありません。花巻へもどったのちも恨めしさは募るばかり。つい手帖に書きとめてしまったのが「聖女のさましてちかづけるもの」であったと、ぼくは思うのです。

しかし、憤りを文字にしたのちは、また静かな気持ちになり「雨ニモマケズ」を書きとめたのです。

さて、いよいよぼくがしゃしゃり出てきた最大の目的をお話しする番です。これまで探偵してみて、宮沢の未練をいちばん感じるのが第二神です。なんといってもこの二番目だけが神なのです。女神との愉しかった思い出は終生宮沢の心を占めました。

さてもこんどは獅子独活《ししうど》の
月光いろの繖形花《さんけいか》から

びろうどこがねが一聯隊《れんたい》
　青ぞら高く舞いたちます
（まあ大きなバッタカップ！）
（ねえあれつきみそうだねえ）
（はははは）
（学名は何ていうのよ）
（学名なんかうるさいだろう）
（だって普通のことばでは
属やなにかも知れないわ）

✺春と修羅　第二集　一五八　北上川は熒気をながしィ

愉しげな逢いびきです。心象スケッチでは、あれほど学名を多発する宮沢が、ここでは〔学名なんかうるさいだろう〕と云うのです。文学者でも科学者でもない、男としてふるまいたかったのかもしれません。

第二神は宮沢と別れたのち、かなり年かさの人物と結婚して夫とともに渡米し、一九二七（昭和二）年の春に結核で亡くなったと伝えられています。

宮沢がこの第二神の嫁ぎ先を、夜半にたびたびこっそりと訪ねていたことはすでに談《はな》しました。そのほか〔冬と銀河ステーション〕に関する、ぼくの説もお耳にいれました。記者さんには電波妨害と云われてしまいましたがね、みなさんが「お耳」をそばだてたのを、ぼくは確信していますよ。

さあ、ここからが核心です。いよいよ「銀河鉄道の夜」のお話をしましょう。あのタイタニック号の遭難者と思われる青年と、連れの姉弟《きょうだい》が銀河鉄道に乗りこんできます。くどいようですが、もう一度注意をうながしておきます。姉のほうは〔十二ばかりの眼の茶いろな可愛《かあい》らしい女の子〕です。

さて、みなさまもおわかりでしょう。宮沢は、おそらく小柄で茶いろの瞳をしていたであろう第二神の早すぎる死を悼んで、海難事故で天にのぼってゆく少女の姿に転生させたのです。ぼくの好きな渡り鳥の場面へ飛びましょう。信号手が青い旗をふり、鳥たちがせわしく鳴いて桔梗色《ききょういろ》のがらんとした空を通ってゆくのです。女の子は、ジョバンニとカムパネルラが窓から顔をだしている真ん中にわりこんで、自分もおんなじふうに風に吹かれ感嘆の声をもらします。

ジョバンニはそれが気にいらなくて女の子をあからさまに無視するのですが、カムパネルラのほうはそのようすを〔気の毒そうに〕思いつつ目をそらして地図をながめます。

ジョバンニがただの男の子であるのにたいして、カムパネルラは思春期の少年らしく少女を意識しているのです。やがてふたりは、ぎごちなく会話をかわしはじめます。まさに、恋のプレリュードを奏でる場面です。それがジョバンニをかなしくさせるのでした。

……（ああほんとうにどこまでもどこまでも僕といっしょに行くひとはないだろうか。カムパネルラだってあんな女の子とおもしろそうに談《はな》しているし僕はほんとうにつらいなあ。）

◎童話　銀河鉄道の夜　九、ジョバンニの切符

世間では、「銀河鉄道の夜」における宮沢の代理人はジョバンニということになっていますね。たしかにジョバンニの視点で語られますし、随所で彼の独白もまじります。けれども、彼はまだ「男の子」の領域で暮らしているのです。

〔鳥捕り〕が急にいなくなったとき、その人のことをジョバンニは〔邪魔なような気がした〕とカムパネルラに打ち明け〔大へんつらい〕と悔やむのでしたが、その直後に青年といっしょに乗りこんできた少女が、カムパネルラと話しているだけでまたもや邪魔な気持ちを抱くのです。

ぼくはジョバンニは幼いころの宮沢の姿であろうと思います。いっぽうカムパネルラは、第二神に恋したころの宮沢の投影なのです。「せいの高い子供」として描かれるカムパネルラは、すなわち宮沢自身でした。当時の男として宮沢は小柄ではありませんからね。ぼくとちがっ

て！

彼の詩は時間においても場所においてもモンタージュの技法を駆使した二重性をおびているのです。

それは彼の心象スケッチというものが、すべての下書きとしてくりかえし再構成される性質を持っているからです。それぞれは半透明の蠟紙のようなものに刻まれ、二重三重に重ねることであらたな世界が生まれました。

写真術にもくわしかった宮沢ですから、現像における二重露光の効果も知りつくしていたでしょう。

ジョバンニはいわば、ランドマークです。港へ向かうのに、とりあえずは灯台の光を目指すようなものです。ぼくに云わせれば、カムパネルラこそ宮沢の化身であるのです。茶いろの瞳の少女に恋する少年です。だからこそ、宮沢は「カムパネルラの恋。」というメモを残したのですよ。


ぼくたちはいま、校本として整理された彼の厖大な作品のなかから、おなじ出発点を持つ作品群を重ねて読むこともできます。

たとえば、一九一六（大正五）年の短歌で「この暮は　土星のひかりつねならず　みだれごころをあわれむらしも」と歌ったときから、土星は宮沢の特別な星となり、のちになって恋人のたとえにしばしば使われました。あけがたの空の土星は、青いのです。

薔薇輝石《ばらきせき》や雪のエッセンスを集めて、
ひかりけだかくかがやきながら
その清麗《せいれい》なサファイア風《ふう》の惑星《わくせい》を
溶かそうとするあけがたのそら

（中略）

ぼくがあいつを恋するために
このうつくしいあけぞらを
変な顔して　見ていることは変らない

※春と修羅　第二集　三四三　暁穹《ぎょうきゅう》への嫉妬《しっと》

これは一九二五（大正十四）年一月六日の日付けがある作品ですが、のちの文語詩「敗れし少年の歌える」の下敷きとなっています。

ひかりわななくあけぞらに
清麗《せいれい》サファイアのさまなして

きみにたぐえるかの惑星《ほし》の
いま融け行くぞかなしけれ
（中略）
さながらきみのことばもて
われをこととい燃えけるを

※文語詩未定稿　敗れし少年の歌える

この恋が成就しなかったことを、そのために手を尽くさなかったことを、宮沢は生涯にわたって悔いつづけました。それが詩人というものでもあるのですけどね。だから、彼は書くのです。

「春と修羅　第二集」の一八四と番号がふられた「春」という詩には、いくつもの形態があります。そのうち一八四「春」変奏曲と一八四ノ変「春」変奏曲は、それぞれ〔一九二四、八、二二、〕と〔一九三三、七、五〕の日付があり、そのあいだにはおおよそ九年の歳月がながれているにもかかわらず、一連の詩なのです。

この場合の「春」は云うまでもなく「恋」の云いかえです。宮沢は、かつての恋を、晩年になってもういちど再現するのです。場面は春、花々がいっせいに花粉を噴き、プラットフォームにならんだ娘たちを襲います。彼女らのひとりが〔いろいろしてももうどうしても笑いやめず」という状態です。
ここまでが一九二四年に書かれました。晩年の加筆はこんな感じです。

（ギルダちゃんたらいつまでそんなに笑うのよ）
（あたし……やめようとおも……うんだけれど……）
（水を呑《の》んだらいいんじゃあないの）
（誰かせなかをたたくといいわ）
（さっきのドラゴが何か悪気を吐《は》いたのよ）
（眼《め》がさきにおかしいの　お口がさきにおかしいの？）
（そんなことききいたってしかたないわ）
（のどが……とっても……くすぐったい……の……）

◎春と修羅　第二集　一八四ノ変　春　変奏曲

やがてプラットフォームに汽車が近づいてきます。この詩で描かれる娘たちは、「花鳥図譜」の「春」に登場する〔水星少女歌劇団〕の一行にちがいありません。すでに星になった人の面影を記録したのでしょう。ですから、宮沢の詩のなかでギルダ、またはギルちゃんと呼ばれる娘は、あのかなわなかった恋のお相手であるところの女神なのです。

彼女と別れるか否かを迷っていた当時、宮沢は妹トシさんが寄こす（であろう）彼岸からの通信を待ちこがれていました。

とし子、ほんとうに私の考えている通り
おまえがいま自分のことを苦にしないで行けるような
そんなしあわせがなくて
従って私たちの行こうとするみちが
ほんとうのものでないならば
あらんかぎり大きな勇気を出し
私の見えないちがった空間で
おまえを包むさまざまな障害を
衝《つ》きやぶって来て私に知らせてくれ。
われわれが信じわれわれの行こうとするみちが
もしまちがいであったなら
究竟《くきよう》の幸福にいたらないなら
いままっすぐにやって来て
私にそれを知らせて呉《く》れ。

もしも、妹トシがあの界《よ》から、「賢さん、それはまちがっている」と云ってきたなら、父母に逆らってでも恋を選ぶと、そんなつもりだったのでしょうか。しかし、宮沢はこの恋をあきらめ、詩を書くのでした。

長野まゆみ（ながの・まゆみ）
東京都生まれ。一九八八年「少年アリス」で第二五回文藝賞を受賞し、デビュー。『冥途あり』では泉鏡花文学賞と野間文芸賞を受賞。著書に『天体議会』『新世界（全五巻）』『若葉のころ』『カルトローレ』『お菓子手帖』『野川』『フランダースの帽子』『銀河の通信所』他多数。

初出　「カムパネルラ版　銀河鉄道の夜」…『文藝』二〇一八年夏号・二〇一八年秋号／「カムパネルラの恋」…『文藝』二〇一七年冬号

カムパネルラ版《ばん》
銀河《ぎんが》鉄道《てつどう》の夜《よる》

二〇一八年一二月二〇日　初版印刷
二〇一八年一二月三〇日　初版発行

著者　長野まゆみ
装幀　名久井直子
装画　Ｊｕｎａｉｄａ
発行者　小野寺優
発行所　株式会社 河出書房新社
東京都渋谷区千駄ヶ谷二－三二－二
電話　〇三－三四〇四－一二〇一（営業）
〇三－三四〇四－八六一一（編集）
http://www.kawade.co.jp/
組版　KAWADE DTP WORKS
印刷　株式会社 亨有堂印刷所
製本　小泉製本 株式会社

Printed in Japan
ISBN978-4-309-02767-8

銀河の通信所

長野まゆみ――❖著

銀河通信につないでごらん。
賢治の声やいろんな声が、聞こえてくる。
足穂や百閒らしき人々から、詩や童話の登場人物までが
賢治を語る、未知なる4次元小説体験！